最後家族

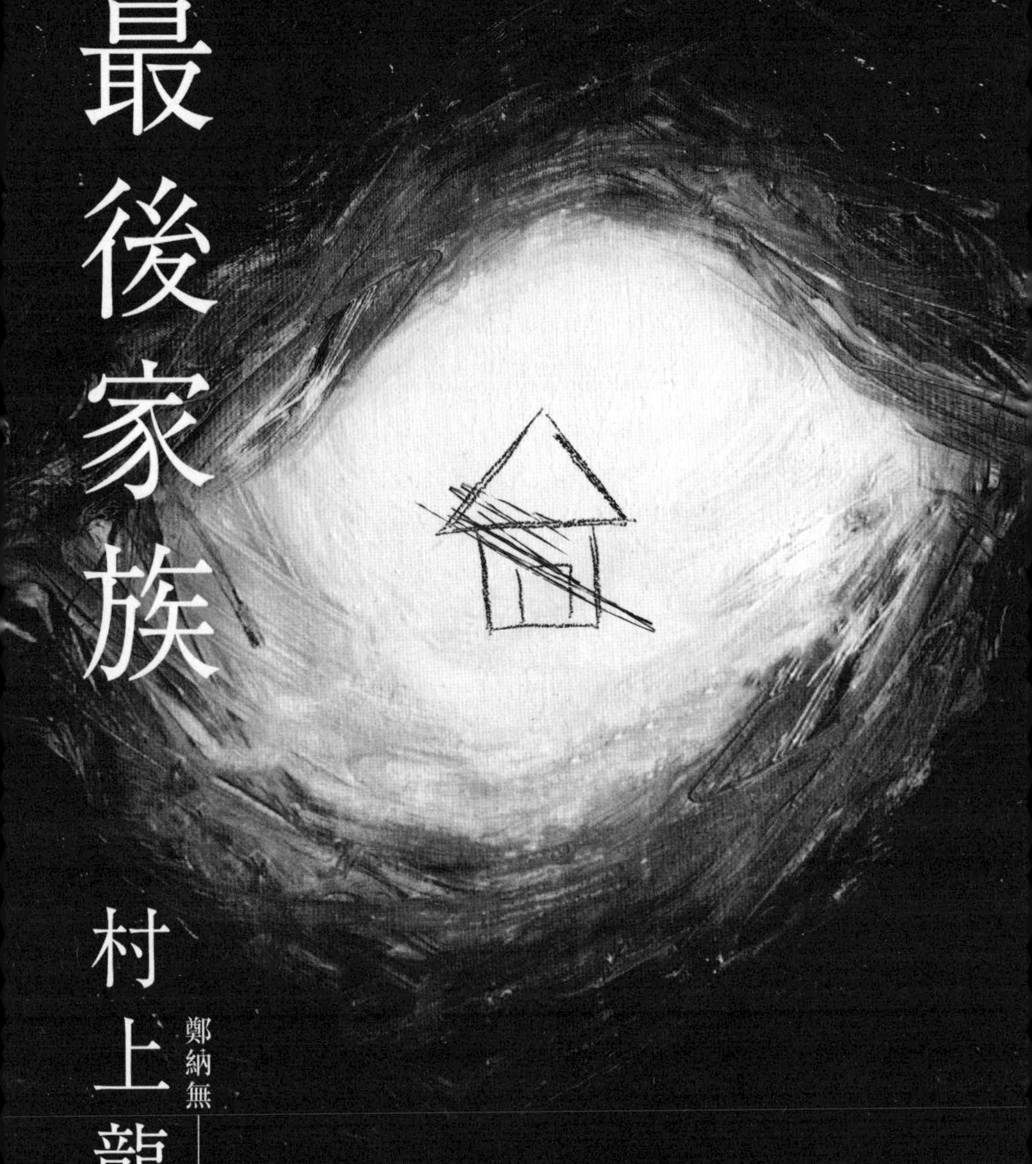

村上龍

鄭納無——譯

最後の家族

【推薦①】

對「救」與「被救」的質疑

作家　廖瞇

第一次聽到《最後家族》這書名時，我不知道它是個與繭居有關的小說，從書名看不出來。後來我想，中文書名是「最後家族」，那麼日文書名呢？如果我能知道日文書名的意思，說不定就能明白「最後家族」想要傳達的意思？上網查了一下，日文書名是「最後の家族」。朋友說，日文的「家族」就是「家人」。那麼，「最後の家族」就是「最後的家人」的意思？嗯，這似乎比「最後家族」好懂一些。我仔細回想故事，想到了一個詮釋。

家是什麼？家人住在一起的地方？家人是什麼？生活在一起的人？但是，家人一定得生活在一起嗎？能夠生活在一起感覺愉快，那很好。但如果生活在一起感到緊張、痛苦、窒息，那麼還是非得生活在一起不可嗎？非得一起吃晚餐早餐不可嗎？一起吃飯的意義是什麼呢？如果一起吃飯只是一起進食，已經無法交流了呢？爸爸一定要擔起那個叫爸爸的角色，媽媽一定要擔起媽媽的角色？兒子必須扮演兒子的角色，女兒必須扮演女兒的角色？可是什麼是角色該有的樣子呢？家人該有的樣子是什麼？有所謂「家人該有的樣子」嗎？

這本小說不只在講「繭居」，它還點出了家庭的結構關係，是否是把大家「困住」的原因？被困在家裡的人，不只是繭居者秀樹，還有爸爸秀吉、媽媽昭子、妹妹知美。但是，是繭居者把自己困住同時也把家人困住嗎？還是每個人被自己所認為該扮演的角色困住？自己被自己困住？

「因為哥哥那個樣子，所以我不能……」「秀樹那個樣子，我怎麼可以在這種時候失去工作？」因為家有繭居者的緣故，他們眼前彷彿都只剩下一條路。所幸媽媽先改變了。媽媽昭子變了，但這個改變不是為了那個繭居的兒子，不是「因為他……所以我……」而是因為昭子自己需要。

媽媽做了什麼改變呢？媽媽去尋求諮商，開始變得「能說出自己的想法」。不是要求繭居的孩子說出自己的想法，而是「自己能夠說出自己的想法」。但這並不是件容易的事，能夠把自己的想法傳達給對方，不是一件理所當然的事。

寫著寫著，我似乎突然明白為何書名叫做「最後的家人」了——後來的、改變過後的、新的家人關係。不是被要求改變，也不是家人關係的切斷，而是對於家庭形式與關係的重新思考，最後每個人各自找到了自己的位子，以及與「家人」相處的方式。

《最後家族》的新版封面，上頭有個被劃掉的房子，這很耐人尋味——被劃掉的房子，是家壞掉了？還是要把家丟掉？還是家裡有人壞掉？那麼家人該手牽著手一起死嗎？還是該手牽著手一起努力「好起來」？還是，該把手放開？丟掉想像中完美的家該有的樣子？正常的家人該有的樣子？讓自己的手放開對方的手，讓自己懂得該怎麼活下去。

「這本小說的出發點，是對『救』與『被救』關係的質疑。」村上龍在後記中這麼寫著。繭居者必須被救，受家暴者必須被救，村上龍質疑這種救人與被救者的關係。被救者若不是出於自己的自願，最後還是會回到原來的地方吧？我想，這是村上龍想要傳達的東西。

關於廖瞇

大學讀了七年，分別是工業產品設計系與新聞系。二〇一三年移居臺東鹿野。二〇一五年出版詩集《沒用的東西》。二〇二〇年出版《滌這個不正常的人》。

【推薦②】

從髮尖到腳趾，震盪不已……

作家　李豪

學生時期被推了村上龍大師的作品，對當時涉獵未深的我，錯以為只是另位村上大師的贗品，沒想到一讀卻從髮尖到腳趾都震盪不已。本書是村上龍大師最溫潤入喉的佳釀，直指人心外，也能深刻感受到傳奇作家希望傳達給現代社會的人文關懷。

關於李豪

台灣人，三重長大。現專職文字工作，著有詩集：《自討苦吃的人》《瘦骨嶙峋的愛》《傾國傾城的夢》。文集：《剩下的盛夏只剩下了盛夏》《厭世者求生指南》。

目錄

序章

直徑十公分的希望

製圖紙因為濕氣慢慢剝落時，就再貼補。
現在，黑紙好幾層好幾層把自己和外頭隔絕了。

房間的窗戶用黑紙蓋住。內山秀樹在上頭用圓規畫出一個圈，然後拿美工刀挖出一個直徑十公分的圓洞。雖然圓洞剛好是相機長鏡頭的大小，但他並沒有因此想拿出從前買的相機。

自從這樣呆坐家裡以來，已經將近一年半。外出變得痛苦。房間沒有防雨外窗，只有窗簾，外頭的光線會滲進房裡來，覺得無法忍受，後來就用黑色製圖紙貼住自己房間的窗戶。製圖紙因為濕氣慢慢剝落時，就再貼補上去。現在，黑紙好幾層好幾層把自己和外頭隔絕了。

不想聽到外頭的聲音，特別是下頭街道行人的說話聲，連打招呼的聲音也不喜歡聽到。外面有一大堆人，在聊天、工作、談戀愛。就算窗戶貼上黑色製圖紙，也無法和這樣的現實完全隔絕。這樣的事當然知道。但是自己以外的世人，不逃避地過著現實生活，出入各種場所，和各式各樣的人見面，享受著人生。理所當然過著這種生活的世人，他們的聲音還是不想聽到。

在「繭居族」網站的ＢＢＳ討論區裡，可讀到繭居時間比秀樹長很多，譬如五年或十年的人的貼文。大家都害怕外頭的別人。想到不是只有自己一個人這樣，秀樹稍感安心。和自己一樣，討厭聽到、看到窗外他人的聲音、身影的人也很多。但看了他們的文章覺得不安的是，如果一直逃避類似他人的氣味這種東西，以後似乎會變得連看到真人演的電影或照片也會害怕。有些人寫說，他們只敢看動畫電影或電視卡通。看雜誌也變得只能看漫畫，有真人照片的地方，會請家人先割下來丟掉。

才繭居一年半，秀樹安慰自己，別擔心吧。才二十一歲，和那些在網站裡出現的三、四十歲的繭居族比起來，他覺得有種優越感。不過，恐怕一轉眼自己也會變成那樣吧，想起來不禁覺得可怕。繭居大概半年時，或是和家人爭吵，或是看看打工訊息的網頁，或是寫email給朋友，可感覺到時間如此過去。但自從開始服用鎮靜劑後，身體變得倦怠無力，腦袋也迷迷糊糊，時間的經過變得不確定。不知道是藥物的關係，還是生活日夜顛倒的緣故，身體的反應變得很遲鈍，那之後的一年，感覺像在夢中，一轉眼就過去。

傍晚醒來，秀樹做的第一件事就是打開電腦，上網查信。只有幾封電子報。按理也不會有人寄信來。精神科醫師透過母親說過：給自己訂下小小的目標，什麼都可以，如果做到了，就誇獎自己一下。於是訂了各式各樣的目標：兩天去一次便利商店買牛奶；結交email朋友；別到早上七、八點才睡，最晚半夜三點以前要上床；天黑後，在自家附近散散步；試著和家人和善說話。雖然這麼訂了，結果一樣也沒做到。

只有焦慮變得更嚴重而已。「會死掉吧，這樣下去的話。」變成自己一人有時會這麼喃喃念著。不能放棄。網站的ＢＢＳ常這麼寫著。或者，「別著急，先休息一下也很好」，這一類的也有。休息可以，放棄不行。就是這麼一回事。不過，這其實不簡單。對於「休息」和「放棄」的區別，秀樹並不瞭解。所謂「別放棄」和「休息也可以呦」之間的關係，無法瞭解。

這樣的事怎麼都好吧，原想如此輕鬆以待，但這麼一來，又是毛毛的感覺，又是心情舒暢的感覺，變成身體和腦袋像是要融化在一起那種奇怪的情況。這樣下去會神經脫線，會變得很奇怪，秀樹這麼想，於是決定在黑色製圖紙上挖個洞──其他要做的事也想不出來。花了兩個小時，用美工刀挖出一個十公分的洞。陽光穿透窗簾，照進房間裡，但秀樹並沒勇氣馬上從圓洞往外看。

第一章

二〇〇一年十月×日・內山家的早餐

原本認為強者才會做出某些事，
但那之後不再那麼想了。
有時候也會因為做了某件事，
不管你願不願意，而變成強者。

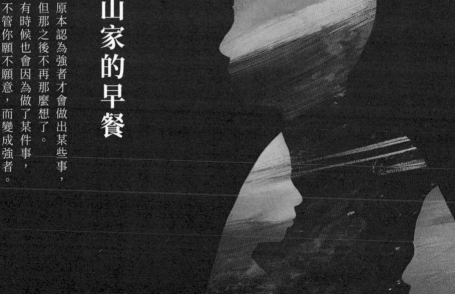

昭子

二樓秀樹的房間傳來搖滾樂的低音貝斯，天花板好像在震動，但不是那種會吵到鄰居的音量。秀樹不喜歡和鄰居有摩擦。先生秀吉和女兒知美還沒起床。秀吉的早餐時間是固定的，會在七點三十五分整進來飯廳。那時，土司、沙拉或荷包蛋就得上桌。知美的起床時間不一定，醒得早的話，有時也比昭子早起，有時則睡得快要遲到，連頭髮也沒梳就來吃早餐。

昭子先前上網查了信。沒有延江清的。他昨晚才剛傳來一封信，昭子也回了，所以想說，也許對方又會有回信來。延江清是個二十九歲的木匠，比昭子小十三歲。因為昭子固定到精神醫師竹村的診所，兩人就這樣認識了。延江不是病患，竹村醫師的住家兼診所翻修時，他修理了屋頂和柱子。是他先搭訕，然後兩人一起去喝茶。串燒烤肉店、夜總會、居酒屋，木匠早起所以十年多沒看深夜的電視節目等，聊了這些話題。無憂無慮閒話家常的延江，看起來異樣的健康。

之後，開始和延江通信。去精神科醫師那裡、見諮商人員或去繭居族家長的聚會時，有時也會和他一起去吃午飯。和延江見面時，總會想到秀樹。坐在咖啡館，兩腳開得大大的延江，可樂的冰在嘴裡咬碎的聲音，大聲談論著日本足球代表隊的事——看著這樣的延江，總會想到為什麼這個年輕男人如此精神奕奕地在外頭工作，而自己的兒子卻足不出戶。然後就有了罪惡感。延江到現在都沒牽過自己的手。可是比較延江和秀樹時，或是和延江笑著而忘了秀樹的事時，昭子就意識到一種罪惡。

秀樹變成藺居族，是高四重考進了大學之後的事。第一、第二志願學校沒考上，進了東京都內不算有名的私立大學後，沒多久就開始了。不過在高四那年就已經有徵兆出現。有一晚，昭子準備了消夜的拉麵，端進房裡，秀樹的背影讓她感到一種前所未有的憔悴。放那裡吧。秀樹頭也沒回這麼說。昭子把麵放地板上，要離開房間時，叫了一聲「秀樹」。沒有回答，又叫了一次。「幹嘛！」秀樹轉過身來，低沉的聲音似乎不太高興。眉頭皺著、臉頰消瘦、眼神嚴厲。昭子脫口而出，說了聲「加油喔！」秀樹表情看似悲傷，起身走過來，拿起拉麵的碗，喊說「都這樣了還在說什麼加油！」同時把碗摔在地板上。從那晚起，秀樹似乎就變得古怪了。

秀吉進來飯廳。正好七點三十五分。領帶、白襯衫，抱著虹吸式咖啡壺。秀吉偶爾會應酬一下打個高爾夫球，此外沒什麼算得上是嗜好的東西。在家裡也幾乎不喝酒。唯一喜歡的是收集咖啡用品。虹吸式咖啡壺三個、義式濃縮咖啡用的濾壺一個、電動磨豆機、附有磨豆機的煮咖啡器、幾組咖啡杯……。

早上，秀吉一定會自己泡咖啡，也替家人擺好杯子、倒咖啡。他也一定會替秀樹準備杯子。雖然秀樹偶爾會從二樓下來，但幫他倒的咖啡卻從來沒喝。在秀樹繭居之前，秀吉很重視家人一起吃飯這件事。再怎麼忙，晚餐回家和家人一起吃飯，就像是秀吉的家訓一樣。秀樹和知美還小時，他就告訴他們，家人一起吃飯無論如何是很重要的。

但是，秀吉進入公司以來，就一直在業務部門，招待客戶的外食情況也很多。今天會有點晚，但還是想在家裡吃飯，能不能等我一下？這樣的電話常打回家。這種時候，獨特的沉悶緊張就會發生。秀樹和知美都得空著肚子，等到八點、九點，再晚的話到十點，等秀吉回來後，才有辦法吃飯。小時候，秀樹和知美應該都喜歡家人在一起吃飯的這種習慣。但是，對業務員的家庭來說，家人全體一起吃飯的規定，恐怕是太勉強了吧。即使這樣，秀樹也從沒反抗過，有時還會責備不聽爸爸吩咐，想先吃飯的知美。

「今天去一下竹村醫師那裡。」

昭子對秀吉這麼說。好，秀吉含混地回答。精神醫師和諮商人員都問過，秀樹的父親沒辦法來嗎？好幾次找他一起去，但秀吉都說工作太忙而拒絕。秀吉是機械零件公司的業務次長，說忙並不是謊話。而且，公司的情況相當不好，昭子也知道。家裡的房貸還沒繳完，知美的升學費用也得準備。堅持要秀吉一起去精神醫師那裡的事，她說不出口。

「今天有社團活動，會晚點回來喔。」

知美進來吃早餐。頭髮有洗髮精的味道。

「是搖滾樂。」

仰看天花板，知美喃喃說。

「搖滾樂就還好。」

什麼意思？秀吉問她。

「如果開始聽古典，可能就糟了！」

「什麼糟了？」

秀吉幫知美倒著咖啡，問說。

「很多繭居族自殺的時候，一邊聽著巴哈或莫札特，聽說。」

只喝了一口秀吉倒的咖啡，知美這麼說。她似乎不太喜歡咖啡。但秀吉特地幫她倒的，或許是不好意思，總是會聞聞香味，至少喝個一口。

「別亂講！我去看一下秀樹。」

昭子這麼說，走上二樓。然後從門縫底下塞進一張紙條，上頭寫著「早餐如何呢？」過一會，有了答覆。

「不需要。買桃子罐頭給我。白桃。不是黃色的桃。」

等爸爸回來喔。爸爸希望大家一起吃飯呢。一直到高中都還會這麼說的兒子，現在卻變成只想用紙條交談。「買桃子罐頭給我。」昭子把秀樹的紙條塞進圍裙口袋裡，離開房間前面。

看一下錶，六點四十三分。三點左右醒來過一次，然後又睡著。醒來時，想著公司的事。只剩下工廠和技術部門後，像是全部被裁員了一樣，部下這麼說。看來真的很像是這樣。或許去年沒有接受自願退休是錯的？如果那時退休的話，可拿到薪水兩年份的「再就業準備金」。可是，就算退休，退休金怎麼也不到兩千萬，這樣存款早晚會花光。沒有收入之後，存款恐怕很快就會減少。問了被解僱的同事們，都是這麼說的。這麼一來，房貸也還不了，知美的升學費用也會沒著落。

不過，又睡著了真不錯。平常心裡有什麼不安時，醒來就會睡不著。這麼想著，秀吉又看了一次手錶。歐米茄錶，是剛進公司時，用第一次的年終獎金買的。不過，從兩年前開始，每天會慢兩分鐘。秀吉和昭子的房間是在一樓的和室。枕頭邊有電話，拿起來想聽一下報時，傳出來的是「唏——」的聲音，電話通不了。是昭子在上網吧。難道不知道現在是幾點嗎？雖然火大，但不能發脾氣。秀樹的事都是昭子在處理。昭子在書上或網路上查詢精神科醫師或諮商人員，然後實際去見他們，透過這樣得到寶貴的資訊。

如果是三年前的我，或許會發脾氣吧。這麼想著，秀吉離開被窩。想洗臉，但知美在洗澡，浴室進不去。用廁所的洗手台，濕一濕臉，又回到房間，穿上白襯衫。一樓除了這間和室以外，還有差不多五坪大的廚房兼飯廳。

現在進廚房的話，就得和正在用電腦的昭子說話。昭子現在正在看繭居族家長會或家訪輔導人員的網站吧。

昭子因為秀樹的緣故去精神醫師和諮商人員那裡等等，每月的費用需要兩萬。現在，每月兩萬的這種支出，感覺吃不消。原本一年兩百八十萬的年終獎金，這兩年只有五分之一。連獎金好的時期能付的房貸都付不了。為了這樣，每個月都得先存下一萬八千元。因為通貨緊縮，商品的價格持續下降，公司的營業額不斷減少。薪水削減從年終獎金開始，接著又規定每個月只能報十小時的加班，超過的時間就變成無給加班。最後每月原本八萬元的主管津貼只剩一半，六萬的業務津貼變成兩萬。存款持續減少。精神科醫師等的支出，實在讓人頭痛。

不過，那個精神科醫師說，給小孩個人房間是沒錯的。自從秀樹變成把自己關在房裡後，秀吉開始讀教育方面的書，像是名人或文化人的育兒見解，或是家人相處之道的書。不能太寵小孩，每本書都這麼講。尤其有很多專家說，給小孩個人房間是不好的。給小孩自己一個房間，會讓他們變得自私任性。給念小學的孩子個人房間，等於是會讓他們意外地習慣繭居。

秀吉是在群馬縣出生的，小時候並沒有自己的個人房間。父親在一家陶器公司上班，家裡的房子是租的。秀吉和哥哥、姊姊、弟弟，讀書、睡覺都共用一個房間。那時很想有個自己的房間。昭子雖然是東京板橋區出身的，但也還是和姊姊、弟弟共用一個房間。秀吉和昭子是兩人都認識的朋友介紹的，然後交往、結婚，住在東京西武新宿線的「花小金井」那一區的水泥沙漿建築的兩房公寓，兩人都工作，如此十年後，在雙方家長也多少出點錢幫助下，在東京和埼玉縣正好交界處，買了一棟建售屋。那時秀樹九歲，知美六歲。

秀吉跟昭子說，想把二樓作為小孩的房間。昭子也贊成。秀吉想讓小孩有自己的房間，想讓小孩得到他以前想要而得不到的東西，他覺得那是一件好事。

但秀樹變成繭居族後，秀吉不知如何是好而覺得不安，看了一些書，書上說，給小孩個人房間會導致繭居。讀到這樣的書時，秀吉覺得自己完全被否定。只有昭子在網路查詢到，然後去見的那位年輕的竹村精神醫師說，給小孩個人房間並沒錯。聽了這件事後，秀吉總算認同昭子定期到精神科醫師和諮商人員那裡的事。

穿了白襯衫，在挑選領帶時，不安又襲身而來。這幾年，關於公司的事都不是好消息。公司生產的是機器或汽車冷卻裝置的零件，主要是叫做散熱器或油冷器的核心這樣的東西。工廠在新所沢，秀吉在高田馬場的總公司上班。不景氣持續，這兩年來四十多歲的部下變得一個都不剩。有四個部下自願提早退休而離職。一個和自己很親近的部下說他和電腦零件公司有不錯的關係，邀自己一起過去，但秀吉還是留下來。他辭職後，自己變得孤單了。但待這樣的公司也是沒什麼可指望的。就像末期的愛滋病一樣，只是一直衰弱下去而已。

或許他才是對的。現在年收入變成差不多只有一半。年收入變少真有夠受。實際生活上，手頭變得緊了。但不只是這樣而已。如果年收入就算增加一點點也好，這樣還能覺得對公司有貢獻。業務這種工作，人脈就像命脈一樣，秀吉是這麼認為的。客戶的人脈是經過這二十六年建立起來的。四十九歲再到新公司從頭開始，實在沒有這種意願。如果是三十五歲，不，四十歲的話，會跟他一起到新公司也說不定。秀吉打好領帶，看著鏡子裡的自己，覺得左眼有點充血，臉頰垮垮的。

「今天去一下竹村醫師那裡。」

秀吉進來吃早飯，倒著咖啡時，昭子這麼說。是早上還是下午，本來想這麼問，但沒開口。反正也沒時間一起去。今天常務董事要找他。有傳聞說，招待費以後恐怕得自掏腰包。應該會有正式通知吧。也有會計業務要委外的傳聞。

「今天有社團活動，會晚點回來喔。」

知美不知什麼時候進來坐對面。髮尖還濕濕的。

「是搖滾樂。搖滾樂就還好。」

知美看著天花板，這麼說。

經她這麼一說，才注意到秀樹的房間傳來低沉的聲音。什麼意思？秀吉問。

「如果開始聽古典，可能就糟了！」

「什麼糟了？」

秀吉幫知美倒著咖啡，問說。今天泡的是夏威夷「可那綜合」。會喝的只有昭子，但如果自己改掉這種習慣不再泡咖啡，家裡的人會覺得奇怪而擔心，畢竟二十幾年來都是如此。

「很多繭居族自殺的時候，一邊聽著巴哈或莫札特，聽說。」

只喝了一口秀吉倒的咖啡，知美這麼說。

「別亂講！我去看一下秀樹。」

昭子這麼說，走上二樓。秀樹會下來喝咖啡嗎？雖然這麼想，但馬上覺得不可能。十天左右前的早上，秀樹從房間下來，坐在秀吉旁邊，喝了泡好的咖啡。還記得那天泡的是「厄瓜多爾綜合」。工作忙嗎？喝著咖啡，秀樹這麼問。還好，秀吉回答說。那之後就沒再和秀樹說過話。工作忙嗎？想起秀樹這樣的聲音，突然難過了起來。

知美

隔著走廊，秀樹的房間傳來音樂聲。聽到的只是搖滾的鼓聲和貝斯震動地板的聲音，聽不出是哪個樂團的哪首曲子。睡前聽著搖滾樂，看來哥哥精神還算不錯。知美的房間雖然有六個榻榻米大，但床鋪佔了百分之七十的空間。當初有自己的房間時，只有床是自己選的。也許是因為這緣故，所以喜歡大床。想要一張睡覺翻身或滾動時也不會跌下來的床。

知美起床，看到床邊手機的簡訊。是近藤寫來的。

「今天傍晚的話可以。」

近藤是珠寶設計師，在「吉祥寺」站那附近有個工作室兼住宅。昨晚傳簡訊給他說想見面，很快就得到答覆，知美高興了起來。簡訊是深夜三點半傳來的。熬夜了嗎？近藤快二十八歲了，在進專科學校前，也是繭居一族。好像有兩年半的時間，關在自己的房間裡。

是怎麼脫離繭居的呢？第一次見面時，知美這麼問。

「我從高中時就想做珠寶設計，但我那當公務員的老爸不同意。媽媽也是那種只會要我上大學的人。我有個哥哥，上的是東京大學。我大學沒考上後，從早到晚就聽我爸媽在那邊碎碎念，結果我變得什麼都不想做，不知不覺就繭居了起來。本來已經忘掉珠寶設計的事，但家訪志工團體的人來我家。我老家是在長野縣，我媽好像是在衛生所聽說了那個團體，然後拜託他們來的。不過，還是花了一年多，才決定自己要做珠寶設計。繭居時，即使想著手做什麼，也沒那種力氣。就算有喜歡的事，大概也沒有持續下去的力量吧。力氣只在自己身體裡轉來轉去，就是使不出來。如果有人能好好聽自己說話，和那個人談，那麼自己的愛好和想做的事，也會變得清楚起來吧。」

介紹近藤給自己認識的，是同班的夏美。至於她怎麼認識他的，並不知道。夏美說和他喝過茶。近藤有和高中女生在玩嗎？還沒和他談過這件事。今天和他見面是第三次。第一次和他在吉祥寺站裡頭的「儂特利」見面時，覺得他看起來營養很差。一個大自己十歲的前繭居族。長得不高，也不是我喜歡的類型。會變成碰面那麼多次，那時想都沒想到。

「知美，妳是因為擔心妳哥哥，所以想和我談談？」

第一次見面時，近藤這麼問。我也不知道，自己這麼回答。是不是擔心哥哥，自己真的不知道。

「那或許是擔心妳爸爸或妳媽媽？」

近藤又問。擔心媽媽，知美說。

洗澡。姑且準備了大人味的內衣褲。和近藤不會有什麼做愛的氣氛。只是因為談話很有趣，所以來往，但今天或許會到他的工作室，姑且穿上大人味的內衣褲。和近藤在一起時，沒有性愛的氣氛，或許是因為想和他談繭居族的事吧。知美在秀樹開始繭居時，就有一種「果然是這樣」的感覺。雖然沒有預想到，但覺得大三歲的哥哥，在生活上和態度上，從以前似乎就很勉強在做著什麼。是變成繭居後，才找到吻合他的人生嗎？那時才瞭解到哥哥是喜歡那樣的。或許哥哥和爸爸很像。

哥哥繭居之後，爸媽之間的交談多了起來。知美擦著身體，這麼想。爸爸所堅持的，家人一定要在一起吃飯的規定，這些日子來差不多沒維持著了。以前就一直跟爸爸說行不通，然後爸爸忽然說，妳要買手機也可以。另外，自己早上洗澡的事，他也不再抱怨了。家人之間產生緊張。到那時為止，大家都遵從爸爸的話，悶在浮躁不安的家殼裡，感覺像是在演戲做樣子。

咖啡的香味。爸爸在磨咖啡豆。爸爸在家裡弄出來的習慣裡頭，恐怕只剩下早上泡咖啡了。「先喝黑咖啡。」「加那麼多牛奶就變成咖啡牛奶了。」……如果不這麼囉唆的話，或許會每天早上都喝。

有一次，知美意識到一件事。那是國中時。上完體育課後，看到自己的制服被紅原子筆劃得斑斑點點髒兮兮的。是誰幹的大致也想得到。是那個叫做吉本佳織的富家女孩。吉本佳織不但長相不佳，腦袋也笨。看到制服被弄得髒髒的，知美感覺從身體深處湧出一股力量。為什麼會冒出那樣的力量，並不知道。感覺是，生氣的話，就容易凝結出一股力量。吉本佳織朝我看著，但我把她的制服、課本、筆記本，甚至連書包都搶過來，在同學們眾目睽睽下，丟進校園角落的焚化爐。下次再給我搞什麼，我就燒死妳。這麼一說，吉本佳織哭了起來。

那時要是爸媽被找來學校，可就麻煩了。不過，那次之後，人生改變了。原本認為強者才會做出某些事，但那之後不再那麼想了。有時候也會因為做了某件事，不管你願不願意，而變成強者。那之後，再也沒人會欺負知美。想做的事就去做，知美瞭解了。想跟爸爸說的事也會說了。不知道知美在想什麼。媽媽老是這麼說。

天花板響著搖滾樂的低音貝斯，爸爸幫我倒咖啡。跟媽媽說，因為社團活動會晚點回來。其實是去見近藤，但爸媽信任我。升學班的高三生，在十月份是不太可能還有社團活動的，但爸媽已經被哥哥的事搞得筋疲力盡，不會注意到這種細節。

「是搖滾樂。」

因為是聽搖滾，哥哥今天精神比較好，知美的意思是這樣。知美想起近藤說的。是他朋友的事。那個朋友雖然不是繭居族，但據說音樂的喜好從英國搖滾變成古典音樂的一個月後，就自殺了。

「搖滾樂就還好。」

什麼意思？爸爸問。

「如果開始聽古典，可能就糟了！」

「什麼糟了？」

爸爸幫知美倒著咖啡，問說。這麼多年來熨了又熨，領子部分發亮的白襯衫，和有點歪扭的深藍色領帶。第二次見面時，近藤問說，「知美，妳想做的事是什麼？」那時腦海浮現的是爸爸的白襯衫和領帶。勒緊脖子的肉的白襯衫和深藍色的領帶——洗了又洗，不知洗了多少次而起皺、鬆垮的脖子的肉。

想搬出家裡，知美回答說。然後不知為什麼，也不是難過或覺得寂寞，眼淚流了出來。不是不喜歡爸媽，是喜歡的。也不是討厭哥哥，哥哥的事已經不覺得丟臉了。哥哥的繭居，對他來說是必要的，已經是這種想法。就像自己把吉本佳織的制服和書包丟進焚化爐一樣，對哥哥來說，繭居也是必要的事。

不過，只有暴力這一點，真的很糟糕。光是想到不知什麼時候又會使用暴力，就不禁打個寒顫。看到哥哥對爸媽暴力相向，就像作過的惡夢真的發生在眼前一樣。力氣差太多，沒辦法制止他。使用暴力時的哥哥，臉變得很奇怪。不是什麼兇暴的臉，而是一副羞愧得想要哭出來的樣子。看到那樣的哥哥，覺得很可怕。自己會不會哪天也有那樣的臉？想到這樣，有種呼吸不了的感覺。爸媽被打的情景，經常浮現腦海。這種時候，就像氣球洩了氣一樣，人覺得虛脫無力。

不想待在這個家。但並不是因為討厭看到哥哥的暴力。而只是想離開家裡到外頭。要離開媽媽並不好受，而且因為哥哥的事而逃走或許也太儒弱，但還是想離開家裡。知美對近藤這麼說。思考到那樣的事，那時是第一次。知美，妳想做的事是什麼？近藤這麼一問，知美才第一次知道自己的心情。

「很多繭居族自殺的時候，一邊聽著巴哈或莫札特，聽說。」

這麼一說，爸爸沉默了起來。

「別亂講！我去看一下秀樹。」

害媽媽難過了，知美心想。是和爸爸說的，但都在餐桌旁，媽媽當然也聽得到。媽媽逃開似地往二樓走去。目光看著媽媽，知美喝了一小口爸爸倒的咖啡。

秀樹

秀樹聽著「史密斯飛船」的第三張專輯，視線轉向窗邊的相機。套上望遠鏡頭的相機架在三腳架上。天色亮起來後，想再瞄一眼取景器，就一次。

把貼了好幾層的黑色製圖紙挖出一個洞後，已經過了好幾天。拿出放在書架後頭的相機盒，上面一層灰。剛開始繭居不久，想在夜裡把相機連盒子扔進河裡，不過後來並沒那麼做。高四的時候，對照相產生興趣。補習班的同學有人玩攝影，受了他的影響。跟爸媽說想買相機，很意外地馬上就買給我了。Canon的單眼相機，標準鏡頭之外，還買了300釐米的望遠鏡頭。

買相機給你了，要用功準備考試喔！爸爸是那樣的態度。讓人很火大，想把相機摔地上砸壞，但那時無法反抗爸爸。只照了幾卷底片後，就對照相失去興趣。剛買不久就變成沒用的東西，將近二十萬元的相機，感覺是自己無能的證明。把黑色製圖紙挖出洞時，想到用相機的望遠鏡頭看看外頭。外面應該看不進這裡吧。立好三腳架，裝好套上望遠鏡頭的相機。製圖紙的圓洞剛好是秀樹眼睛的高度。

因為相機的電池沒電，等到半夜家人都睡了，才去便利商店買電池，順便也買了底片。換了電池，啟動自動對焦，取景器裡出現樹叢和對面人家的影像時，覺得好像在做什麼壞事似的，緊張了起來。取景框的左半邊是樹，右邊看到的是對面人家的窗戶。

架好相機是半夜兩點，所以對面人家烏漆嘛黑，什麼都看不到。但秀樹就像賞鳥似地，那樣瞄著取景器好一會。烏漆嘛黑什麼也照不出來吧，心裡這麼想著，同時按了好幾次快門。之後也一邊玩遊戲、弄電腦，一邊又瞄了好幾次取景器。看到的只是月光下晃動的枯葉，但僅僅這樣，也有種參與了什麼的感覺。如此過了好幾天，沒看到人影。

能看到取景器框格切割下來的長方形現實，和網路的感覺不一樣。看到繭居族的網站，知道也有其他人像自己這樣，覺得安心多了。在某個BBS上，讀到有人寫說，無法忍受他人親密的樣子。

「有人在親熱，抱在一起。看到那樣，不，光是想像，就覺得有壓迫感。電視也是，看到那樣的場景，會覺得受不了。人們用這種方式來確認彼此的熱情，這樣的事實讓我絕望。我是絕對不可能變成那樣的。」

讀到這樣的文章，覺察到自己的心情也完全一樣。從別人的言詞裡，發現到自己的感受。其他繭居族說的話，讓自己覺得安心，知道痛苦的不是只有自己一個人。不過，理所當然，就算知道痛苦的不是只有自己一個人，痛苦自身並沒有因此減少。在BBS上，看到四十幾歲繭居族的苦惱，會有種優越感。但同時也想到，自己會不會也一轉眼之間，一直待在這個房間直到四十幾歲？

那時是想要遠離現實吧。雖然那和上的大學不是自己的志願學校也有關係，但主要是短短的大學生活過得很糟糕，盡是些讓人討厭的記憶。似乎只有那些不愉快的事情會一直記著。是東京都內二流的私立大學，去上課第一天，一說到自己家住西所沢這邊，就有人問說，「聽說在埼玉，《少年Jump》（譯注：是漫畫雜誌，有月刊與週刊，月刊於二〇〇七年六月停刊）晚兩天才發售，是真的嗎？」結果大家都笑了。問《少年Jump》發售日的那傢伙，肯定也沒什麼惡意吧。雖然這麼想，但秀樹在那之後，就不再跟其他人說話了。

四月底五月初的「黃金週」結束後，秀樹對之前同樣參加動畫祭活動的一個叫做堀內的短頭髮女孩說，「能和我做朋友嗎？」秀樹之前從來沒和她說過話，那天剛好在教室門口只有他們兩人，就突然冒出這樣的話，秀樹自己也嚇了一跳。能不能告訴我手機號碼？這麼問說。堀內應聲說好，點個頭，但接著又說，現在沒有手機，以後再告訴你好嗎？後來堀內像是什麼也沒發生過，對秀樹不理不睬。有次，堀內自己一個人，秀樹朝她走去，堀內像要躲避似地走開了。

那之後，秀樹是跟蹤狂的傳聞就不脛而走，秀樹於是不再去學校，變成繭居在房間裡。穿著迷你裙的堀內遠遠走開的樣子，秀樹記得一清二楚，就像一幅鮮明的畫像一樣。沒有慌忙的樣子，堀內從高樹並排的那條路遠去，身影逐漸縮小，終於消失在視線之外。秀樹站在那裡很久很久，焦距對著堀內消失的地方，繼續看著沒有堀內的景色。景色好像破了個小洞，他心想。

咖啡的香味從門縫湧進來。老爸起床了。從自己小時候起，老爸在家中就是和這種香味是一對的。每天早上，就會聞到這樣的香味。從國中開始，變得無法忍受咖啡的氣味。老爸是想控制家人，而老媽是絕不會反抗這樣的老爸。小時候，老爸一副自信滿滿的樣子說，「我守護著你們。」不是開玩笑，而是很認真地說，一次又一次。

一起玩耍的記憶幾乎沒有，倒是吃飯，總是一起。得坐在餐桌旁等著老爸從公司回來。即使因為接待客戶會回來得晚，也不吃飯等著他。玄關的音樂門鈴響起，老媽走過去相迎，「啊，吃飯吧！」老爸這麼說，然後老媽才開始幫大家盛飯。老爸微笑地看著大家吃飯的樣子。「還是家人最好啊！」他期待大家說些高興的事。家人快樂地吃飯，是件不能不做的事。

從圓洞照進淡淡的光。秀樹走到窗邊，往套著望遠鏡頭的相機看進去。鳥棲在樹上，一邊的翅膀張開，鳥嘴頻頻動著。把焦距轉向對面人家的窗戶，忽然有一男一女出現。秀樹感到心臟怦怦跳，念頭一閃，想著是不是要往房間裡頭躲。但卻下意識地按下快門，相機發出連續自動拍攝的聲音，雖然不可能會傳到對面人家，但秀樹不由自主地雙手按住相機。

像極了慢動作一樣。一開始，女人的臉出現在取景器框格的右邊，身體傾向左邊，看來像是抱著頭，兩手放在耳朵旁。身體傾斜的樣子和動作，都不是很自然。傾斜的身子，像表演滑稽戲那樣，身體橫著向左移動。頭上有男人的手，抓著那女人的頭髮。男人的臉出現。秀樹想到，那表情很像什麼？很像奧林匹克運動會上，投擲鉛球和鐵餅的選手的表情，牙關咬緊，整個臉扭曲變形。女人的表情不知道，因為頭髮蓋住臉部。只看得到她的嘴巴，像唱歌似地張得大大的。乳峰也看得到。女人穿著像睡衣的衣服，但扣子解開，看得到乳峰和乳溝。不過一瞬間，男女兩人都從取景框消失。

內心嘈雜紛擾，無法平靜下來。透過取景器看到的，像不停轉動的錄影帶，在秀樹的腦海裡反覆出現。眼睛從相機挪開時，感到自己的身體微微顫抖。那到底是什麼？對面確實是叫柴山的夫妻倆的住家。半年前蓋的，建地是秀樹家的三倍多。

門下塞進一張紙條。看到媽媽的字條，秀樹心情複雜起來。早餐如何呢？媽媽這麼寫著。看到媽媽小小的字，鬆了一口氣，又想她反正什麼也不會瞭解，不禁不耐煩了起來。

「不需要。買桃子罐頭給我。白桃。不是黃色的桃。」

秀樹潦草地寫在紙條上。桃子罐頭什麼的，變得不想吃了。我看到什麼奇怪的了。想跟媽媽這麼說，但怎麼也辦不到。

第二章

二〇〇一年十月×日・上午到深夜

如果不能傳達給對方「這麼重要的飯，
我想和你一起吃」，
就沒有意義了是吧。
誰都想和喜歡的人一起吃好吃的東西不是嗎？

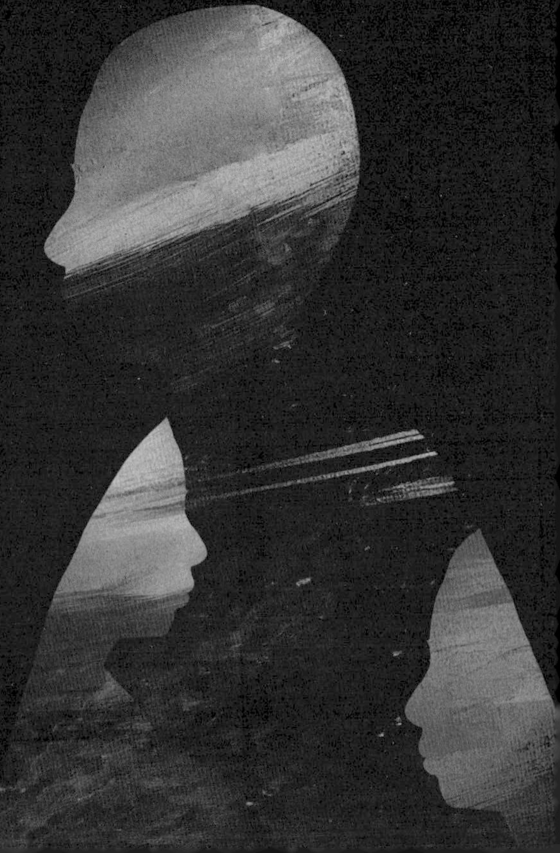

昭子

昭子在便利商店買了白桃罐頭，放進冰箱裡。然後往秀樹房間門下塞進一張紙條。

「去竹村醫師那裡。傍晚回來。桃子在冰箱裡。」

昭子望著到處有裂痕而灰泥剝落的牆壁，門上也有兩道裂痕。

「叫他來！」

是秀樹剛繭居時那個初夏的晚飯時間，秀吉這麼說。他剛從公司回到家，白襯衫和領帶都還沒換掉。昭子要打到秀樹的手機，「不是打電話，我要妳叫他來。」秀吉表情沒變化地說。哥哥已經吃過晚飯了，不用特地叫他也可以吧。知美說。「妳別多嘴！」大聲責備後，秀吉往二樓走去。昭子阻止他，但他沒理會。

「吃飯了。下去！」

秀吉用力敲秀樹房間的門，一連說了好幾次。別這樣，昭子說。但秀吉表情嚴肅，繼續有節拍似地敲著門。

終於秀樹打開門，「吵死了！」這麼說，馬上想把門再關上。秀吉用手推住，沒讓他關起來。昭子站在秀吉身後。知美站樓梯那邊。

「你連一起吃飯都辦不到嗎？」

秀吉對站在門後的秀樹說。穿著愛迪達運動服的秀樹，低著頭，沒有正面看著父親。

「去工作，或去學校，這些我已經不說了。我要講的只是到樓下吃飯，只是這個而已。你連和家人一起吃飯都沒辦法嗎？秀樹。吃飯是當人的基本。連基本都做不到嗎？你變成這樣的人渣了嗎？」

秀吉抓住秀樹的手，想把他拉到樓下。放手喔！秀樹小聲說，抗拒著。放手喔！秀樹眼神還是朝下，這麼說了好幾次。昭子嗅到暴力的氣息。小時候，昭子看過弟弟欺負小狗。先是抓住小狗脖子的肉，讓牠動不了，再用破木板打著沒抵抗的小狗。小狗先是尖聲哀號，但沒一會，哀叫聲停止，小狗嘴巴發出低沉的呼嚕聲，然後突然往弟弟的腳踝咬下去。情形是一樣的，昭子心想。秀吉把秀樹逼向了暴力。

「叫你放手！」

短短一句，秀樹甩開秀吉的手，冷不防用力往他眼睛那邊打下去。秀吉出其不意挨了一拳，掩著臉蹲在地板上。昭子趕緊走過去，手伸進他腋下，把他扶了起來。「你們都給我滾！」秀樹這麼說，同時用力推昭子的肩膀。撐著秀吉手臂的昭子，就這樣往前倒，跌在地板上，然後大腿那邊又被踢了好幾下，雖然知美喊別這樣，但秀樹一下子怒氣難消，還是踢了幾下。昭子站起來，腳步不穩地走下樓梯。心裡害怕著，要是從背後推過來，跌下樓梯怎麼辦，如此踉踉蹌蹌走到一樓。

「強迫不喜歡的人一起吃飯又是怎樣？是當人的基本嗎？我呢，自己一個人吃飯，和你不一樣。我和你是不一樣的人。別來強迫！如果想要一起吃飯的話，就拜託，別用命令的。如果想要別人替自己做什麼事，用拜託的，一般都是這樣。做不到做人基本的是你。少來那一副很了不起的樣子。你剛才說我是人渣是嗎？是嗎？你才是呢！強迫別人做不喜歡的事，那種人難道不是人渣？是人渣喔！」

秀樹一邊這樣喊叫著，一邊用金屬球棒敲打二樓走廊的牆壁和房間的門。破壞和咆哮持續了四十幾分鐘。這種情況發生過好幾次，現在有時也會突然這樣。

竹村的診所在「國立」站那一帶。從車站的南邊出口搭公車，經過熱鬧的辦公街，約二十分鐘後，來到一座大公園的外圍道路。在公園大門附近下車，再走幾分鐘白楊樹的林蔭道。昭子喜歡這條林蔭道和診所周遭綠地很多的住宅區。

秋高氣爽，偶爾也吹著冷風。今天穿的是顏色變黯的橙色套裝，淡褐色風衣，名牌圍巾。風衣雖然是七、八年前在吉祥寺那邊的百貨公司買的，但一直很喜歡。美容院窗戶的玻璃，映出背景是林蔭道的自己的身影。見竹村醫師後，和延江有午餐的約會。為什麼延江會想和大他十三歲的四十幾歲老女人約會呢？只是好玩逗弄逗弄而已。說不定有天他會這麼說。那時大概會很受傷吧。不過，結婚之後，就變得不會再去注意自己映照在美容院窗戶玻璃的身影了。

「繭居者的暴力，被稱為退化。」

竹村是三十來歲的年輕精神醫師。似乎喜歡打網球，臉和手老是曬成古銅色。竹村繼承了他父親開的個人診所。昭子是經由東京都內的「精神保健福祉中心」介紹而知道竹村的。

「『退化』是嗎?」

和竹村只談三、四十分鐘,但每次心裡都變得輕鬆。「如果本人想來的話當然好,否則不用勉強帶他來」這樣的事,一開始就清楚告訴自己的人是竹村。去繭居族的家長會時,聽年長者談這談那:以前社會上對繭居族的關心比現在少,很多醫療機構也無法理解那種情況。

總之,本人不來是沒用的,有這麼說的心理治療師。生活太富裕才會有繭居這樣的情況,家長和當事者都太任性了,有如此說教的大學醫院精神科醫師。府上有精神分裂症的家族史嗎?也有這麼問的精神保健中心的職員。

昭子曾去拜訪過治療繭居的民間自我啟發課程的負責人。那男人說,可以把繭居者浸泡在加了冰塊的冷水裡一段長時間。說是浸泡冷水能讓繭居者體驗到,關在家裡什麼也不做,是怎麼一種無意義的痛苦。

「退化,就是退回到幼兒期的意思。那麼,您兒子的情況是,最近對父親施暴的情形比較多是吧。」

「小時候關係很好呢,去哪裡都一起。」

「這麼說來,是很喜歡父親的『爸爸小孩』。」

說完,竹村看著昭子。

「爸爸小孩」,想想,是個很奇怪的詞。秀樹和秀吉以前關係真的很好嗎?家人一起吃飯這件事,到底是為了誰呢?

「怎麼了？」

因為昭子沉默起來，竹村問說。

「想不通。」

「什麼？」

「我先生說，不一起吃飯不算是家人，以前每天都會和家人一起吃飯。」

「晚飯嗎？」

「星期天或節慶，也固定會一起吃午飯。」

「現在也這樣嗎？」

「從我兒子變成那種情況後，實際上是不可能了。但是，現在有時會開始談到家人應該一起吃飯，會和我兒子打招呼。」

「這種時候，您兒子有一起吃飯嗎？」

「沒有。但偶爾，真的是很偶爾，也會一起吃飯。最近的話，大概是一個月前，大家一起吃了一次晚飯。」

「那時您兒子的心情不錯是吧。」

「怎麼說呢？好像是看到電視新聞報導經濟不景氣，似乎擔心我先生的工作，問了我先生許多事。」

「您先生那時怎麼跟他說的？」

「他說他們公司沒問題，但其實不是什麼沒問題。」

「對您使用暴力的情況，後來怎樣呢？」

「有時會推一下我肩膀什麼的，但打我的事不再發生了。」

「一旦開始使用暴力，請清楚告訴他，別動手。」竹村這樣跟昭子說過。秀樹的暴力，是因為芝麻小事開始的。晚飯的咖哩冷了、沒有馬上接他從房間用手機打出來的電話、圓領衫的花樣和他指定的不一樣等等，一些雞毛蒜皮的小事。接著是翻舊帳，然後再責怪一番。什麼念小學時發燒，還叫他去上學；或是老師家庭訪問時，責怪他上課態度不好，兩人一起責罵他；沒做錯事而爸爸對他生氣時，沒護著他。老早老早以前的事，記得真是一清二楚，然後沒完沒了地大聲抱怨。

這時候如果反駁他，馬上就是「妳說什麼！」然後打了過來。即使忍耐著什麼話也不回他，也會「妳這傢伙，說話啊！」然後動起手來。竹村有次這麼說：

「看他像是要使用暴力時，請態度堅決、清清楚楚要他別動手。聲音稍大一些也沒關係。重要的是，別驚慌失措，要冷靜、清楚地叫他別動手。如果還是動手了，請逃出家裡，妳兒子一定不會追出去的。離開家後，就那樣，暫時別回去。」

那時秀樹因為潤髮乳沒了而生氣，然後像念咒文似地，反覆說他高中時想學吉他，卻沒買給他，說著說著，就很激動了起來。秀吉那時還沒回家，知美在餐桌另一頭顫抖著。很可怕的臉孔，但細看的話，秀樹像是在哭。按照竹村的說法，似乎這種時候的秀樹，和爆發性大哭的嬰兒的精神狀態是一樣的。做母親的自己，對兒子的這種精神狀態，難道不是已經隱約感覺到了？怒氣發洩完後，秀樹一定會道歉。有時也會過來抱著我，邊哭邊道歉。甚至有時會用頭撞牆壁，或是用拳頭打柱子直到手流血。那時候，自己腦海浮現，因為肚子餓了大哭，吃完奶後露出滿足笑容的嬰兒秀樹的模樣。做母親的，或許是無意識地把已經長大的兒子和嬰兒時期兒子的影像重疊在一起。不同的只是，乳頭被吸吮後的奇妙感覺和被打之後受傷的疼痛而已。挨打時的母親，說不定覺察到，這孩子現在正在哭泣。

「別動手」和「面對秀樹說」，曾經是雙重意味的困難──害怕反而激起他的怒氣，以及需要有不是和兒子，而是把他當作外人對抗的決心。不但得鼓起所有勇氣，而兒子說不定也會就此疏遠，這種心裡的淒寂無法跨越。

看著秀樹的眼睛，「別動手！」昭子說了。沒說「拜託」，只說「別動手」。加上「拜託」這樣的話，感情上顯得太嬌寵，覺得無法保持堅決的態度。「被你打得已經很厭煩了，所以希望你別動手。」昭子這麼說。感覺像是按劇本寫好的台詞說的。

「我此後也會死命守護著你，但已經被打得很厭煩了。如果打我，我就離開這個家。」這麼說。秀樹露出驚訝的表情。「妳要離家出走嗎？要放棄父母的責任嗎？」秀樹的臉扭曲。

「你打我和父母的責任有什麼關係？父母的責任，不是默默被孩子打吧。」

秀樹變得一副要哭出來的樣子，右手抬起來，但那瞬間，昭子喊說，「真的離家出走喔！」秀樹動不了手。從那之後，秀樹對昭子不再那麼暴力。至少踢、打的情況不再發生。不過昭子感到有種微妙的距離產生，和秀樹的關係似乎變得冷淡了。

「對您先生的暴力如果太厲害的話，或許他離開家裡比較好。」

諮商時間結束時，竹村這麼說。秀吉會離開家裡嗎？昭子也曾說過，如果暴力太厲害時，或許父母離開家裡比較好。但秀吉說，那種像逃走似的行為能做嗎？並沒有接受。

「我想我先生不會離開家裡的。」

「為什麼？」

「怎麼說呢？因為責任感強吧。」

「不過，這不是什麼責任不責任的問題。」

「我因為有來醫師這裡，所以變得能瞭解那樣的事，但我先生恐怕就難了。」

「您先生沒參加諮商什麼的嗎？」

「我跟他說過，但公司現在似乎有些困難，我也不好堅持要他那麼做。」

「機械零件的製造商是嗎？」

「對。汽車等等零件製造商的轉包商。公司在裁員之類的，看來不太順利。」

「滿麻煩的呢！」

竹村這麼說。

昭子去看過一種收留中輟生或繭居族，沒有年齡限制的「自由學校」。是在小金井市的清靜住宅區，整棟獨戶大房子的闊氣學校。一年費用兩百多萬。「還真不便宜呢！」昭子率直地說出自己心裡的想法。但負責人對她說，為車子花三百萬、公寓三千萬、蓋房子一億元的時候，替自己的小孩一年付兩百萬算多嗎？

意思是說，自己的孩子和車子或公寓，哪個重要呢？對高所得的人或許不一樣，但對我們這種收入很普通的家長來說，哪個都重要。昭子心想。支撐秀吉的是工作。這二十幾年來，秀吉拚命地工作，時間上和精神上的閒暇恐怕都沒有。要來和精神醫師或諮商人員商談的話，就得犧牲工作時間。公司裁員，員工減少，工作量增加更多，秀吉這麼抱怨過。如果他自己也被解僱，房貸會付不了，知美的升學費用也會沒著落。

為了把兒子從繭居救出來，讓父親丟掉工作嗎？這該怎麼去思考呢？「希望你想想兒子繭居的事，利用有給休假，跟我去醫師那裡。」這話恐怕也說不出口。何況一年十天左右的有給休假，就算用在諮商上，效果也可想而知。

在經過這段時間，反覆和竹村還有其他諮商人員談過後，才瞭解到，事實上在面對秀樹時，我們腦袋裡所理解的東西，根本幫不上忙。譬如說，「父母對繭居者的大聲鼓勵，不但沒用，反而有害。」這是學習面對繭居族的基本教導。雖然家長以為腦袋已經瞭解了這件事，但和當事者交談時，還是會不知不覺脫口說出「加油喔！」所以只是學一些詞語，做做筆記背下來，把教的稍微理解一下，這樣是不夠的。對繭居者大聲鼓勵是沒有意義的這種想法，如果沒有深刻去體會的話，是沒用的。也就是說，光是知道「大聲鼓勵是沒有意義」是不夠的，而是必須去深刻體會這件事，但那不是一、兩次的諮商就能做得到的。

延江的工地在「立川」站再搭一站單軌電車的地方。木匠在一年裡，少的話蓋三棟，多的話蓋五棟房子，聽說是這樣。蓋一棟平常住家，平均大概半年左右，其中木匠的工作是三到五個月。和延江認識已經四個月了。

立川站南邊出口的大馬路走下去，有家牛排館。總是在那裡碰面。這一帶是新開發的住宅區，能用餐的店並不多。沒有拉麵店和壽司屋，只有郊外型的超商、影音出租店和便利商店而已。所以午餐的約會都是在那家牛排館。

「我還是點墨西哥漢堡排嘍。妳呢？」

延江在十二點五分進來餐館。

據延江說，木匠的工作比起上班族之類的其實更有規律。早上八點整開始工作，十點稍微休息，十二點到一點是午餐時間，下午三點再休息一下，五點鐘工作結束。天暗下來就沒法工作，所以沒什麼加班之類的。延江叫昭子「昭」，說昭子可以叫他「延」。朋友也都是這麼叫他的，延江說。第一次一起喝茶時，延江說他不是很喜歡「清」這個名字。

「我今天來客沙朗吧。」

餐廳是早期美國風的裝潢，音量低低的鄉村音樂流轉著。素樸的木桌，鋪上蘇格蘭格子呢桌布，牆上貼著老西部片的電影海報，天花板垂吊下來馬蹄鐵和舊日的農具。牛排的配菜也是美國風，玉米和馬鈴薯煎餅。

「吃沙朗牛排的話，要不要喝點葡萄酒什麼的？」

把水一口喝完，空杯子拿得高高，要服務生來倒水的同時，延江這麼問。雖然已經換掉工作外褂和工作鞋，但工作服、褲子和運動鞋上仍有細木屑。坐在桌子對面，還是隱約可感覺到他的汗味。是木匠、水泥匠、土木工或油漆工，雖然旁人無法細分，但一看就知道他是個工匠。在這餐廳吃午飯是第六次了，但延江的服裝、神態，和這早期美國風的裝潢顯得很不協調，讓昭子一直覺得很好玩。

「酒不喝了。等下還得去諮商中心，都是酒味，去那裡不好吧。」

說的也是，延江這麼說，然後問說可以抽香菸嗎？沒關係呦，昭子說，把菸灰缸放到延江手邊。已經是第八次見面了，抽菸的事也知道，想抽就抽其實也不用問。但延江似乎不喜歡這樣。

「木匠或其他工匠，好人很多喔，因為單純嘛。可是怎麼說呢，態度傲慢的傢伙也很多。現代的木匠，不但手工要好，也要像個紳士。」

先上來的是漢堡排。嵌在橢圓形木塊裡的熱鐵板，上面的漢堡排吱吱作響。看來是老闆娘的中年女性，端餐過來，「讓您久等了。鐵板很燙，請小心！常蒙惠顧，非常感謝！」來過好多次，把我們當作老顧客看待。餐館的人，是怎麼想我們的事呢？昭子擔心了起來。上次見面時，跟延江提起這件事，他說別人怎麼想又有什麼關係。確實是這樣，但要不在意他人的眼光卻不是容易的事。

「總之，在我們這種人的世界，如果有閒暇去在意周遭的雜七雜八，還不如去刨一塊木板，還能有錢賺。今天我也跟水泥匠談到，最近流行什麼跟蹤狂的，和我們是扯不上關係的。大概不會有什麼木匠跟蹤狂，也不會有什麼水泥匠跟蹤狂吧，因為我們沒有那種閒工夫。」

沙朗牛排端來了。昭子邊吃，也邊看著延江吃漢堡排。看延江吃牛排的樣子，心裡會覺得愉快。眼前存在的是需要食物的肉體。身體在攝取能量。不知不覺想到小學時的秀樹，去郊遊或去海水浴場時，吃著握壽司的他。

「妳在看什麼？」

「沒什麼。只是看你吃得津津有味，好像真的很好吃的樣子。」

「更好吃的也吃過喔。」

延江這麼說，然後像是想到什麼似的表情，轉身對櫃檯後頭的女性說，「對不起，意思不是說這個漢堡排不好吃。」

「不是說你一副狼吞虎嚥的樣子喔，只是覺得你真的吃得津津有味呢。」

延江知道秀樹的事。在竹村的診所邂逅後，第一次一起去喝茶時，跟他說了這件事。那時，延江只是說，這樣啊，然後就沒說什麼了。「很辛苦呢！」或是「治得好嗎？」這些他都沒問沒說。

昭子有些事想問延江。和這樣的老女人一起吃飯，高興嗎？光是吃飯就好了？對我的身體是不是有興趣？總想下次問他，但真的見了面，總是沒問。說得出口的只是一些無謂的話。

「延。」

「什麼？」

「蓋房子，好玩嗎？」

「不能說是好玩吧。」

「那麼是很辛苦？」

「也不是這樣。這個世界上，也不是只有好玩和辛苦，是吧？辛苦的時候也有喔，以前做學徒的時候，常常被打。」
「會被打嗎？」
「總之，木匠這一行，是很古老的世界。知道嗎？木匠這行業，聽說從大和時代就有了。大和時代到底是什麼時候？在博物館，能看到平安時代的鉋、墨斗等等的。」
「鉋，是指刨木頭的工具？」
「現在全部用機器了。不過，我當學徒的時候，還叫我用鉋，說是可以知道木頭的觸感。總之，腰會很吃力，因為刨木頭是彎著腰的。當時心想，既然有機器，那樣做有什麼意義。結果卻意外地有用處，變得能瞭解木頭。」
延江吃完漢堡排，把牛奶加進咖啡裡。昭子也把牛排都吃完。和延江一起吃飯，就有種得到能量的感覺。延江看一下錶，喃喃說，還有時間。然後要了兩客冰淇淋。
「現在，木匠這工作，在小學生裡頭，說是人氣很高不是嗎？是最有人氣的職業，我在雜誌上讀過。」
昭子這麼問，延江點著菸說，也許吧。似乎興趣不高地回答。
「來當學徒什麼的，是很多。可是怎麼說呢？來十個有八個會走人。」
「為什麼會辭掉？」
「無趣嘍，當學徒這段時間，盡是打雜當下手。周遭都是些老頭子，談的都是老頭子的話題。有時還會被打。怎麼想都不是什麼好工作。工資又超低的。」
「你那時怎麼沒辭掉？」

「應該是喜歡木匠的工作吧。想說有天要蓋自己的家，如果中途走人了，家不就蓋不成，不是嗎？木匠的好處是，像我這樣二十九歲的年輕傢伙，就能獨當一面，負責蓋整棟房子，從彈墨線、刻紋到建法。不過，當然也得看建地現場就是了。像現在的工地是蓋建售屋的，大致一個人就可以。所以手巧的木工，人家會說他功夫好，因為每天做的工作不同，也能自己決定步驟。」

「那麼，為什麼十個人裡頭有八個會學一半就走掉？」

「別人是怎麼回事，那就不知道了。不過我想，如果來十個，十個都成了木匠，那木匠不就太多了不是嗎？如果因為戰爭或大地震什麼的，日本許多房子突然壞掉的那種特殊情況不說的話，所需要的木匠數量是有一定的。原因在這裡吧。」

「是說在學徒期間，會加以篩選？」

「從結果來看是這樣。做學徒大概要六、七年。在這期間，不適合的人會走掉，所以留下剛好的人數會變成木匠。」

「延的話，都沒想過要走掉嗎？」

「沒有。那時心想，就算被打什麼的，也絕不走人。」

「你從小就那麼堅強嗎？」

「也不是吧，也不是很堅強的喔。打架什麼的，因為怕痛，所以不喜歡。現在看小時候的相片，都是一些在哭的樣子。我叔叔是廚師，以前我也想當廚師，或許去當料理學徒，會做一半走人也說不定，誰也不知道。我以前大概也說過，我老爸在印刷廠工作，每天做的都是同樣工作，在家裡就只會發牢騷，所以我不喜歡當職員。」

「走了喔，要遲到了！」延江邊說邊走出餐館，用小快步跑回工地。離開前說，「還能見面是吧。」昭子點頭，延江手搭昭子肩上，匆匆在她額頭吻了一下。那一瞬間，新鮮的汗味襲身而來。緊張和快感，從昭子的腰部竄到腳尖。身心都疲累得零零落落之際，鼓勵或安慰都沒用。只有「喜歡妳」這樣的言語和動作，能讓自己從身體內側感到支撐的力量。

秀樹

午後兩點醒來。平常總是傍晚天暗下來才起床，但今天感到房間裡有什麼異物而醒過來。從窗戶照進像喊話器形狀的光線。光線旁邊就是裝著望遠鏡頭的相機。想起是在黑紙上挖了一個圓洞。黎明時，從取景器看到對面家裡，男的抓住女的頭髮，拖著她。想起那樣的情景，心悸加快，呼吸變得困難起來。底片要怎麼辦？記得確實是按了快門。把底片丟掉比較好嗎？

秀樹的房間是略略細長的七個榻榻米大的房間，但書桌和地板上都是東西和垃圾。遊戲軟體、漫畫、遊戲、電腦雜誌、可樂、烏龍茶寶特瓶、便利商店塑膠袋、洋芋片空袋子、空罐頭和廢紙。iBook在書桌上。

熟悉的房間裡有異物。是地板上的圓光和三角架上的相機。或許趕快把相機從三角架拿開，收進盒子裡，把那個圓洞再用製圖紙塞住，這樣會比較好。那樣的話，房間就恢復以前的情況。也不會有心悸和呼吸困難。秀樹這麼想著，躺在床上看著相機和圓光。不過，那兩人的事讓他在意。唱歌似的女人的嘴巴、乳峰和乳溝，浮現在秀樹的腦海。到底那是怎麼回事？性愛的遊戲？那裡是二樓，是睡房嗎？會再看到那女人的胸部嗎？相機收起來、拿掉三角架、把圓洞塞起來的話，就再也看不到那女人了。

「去竹村醫師那裡。傍晚回來。桃子在冰箱裡。」

一張字條，寫著媽媽小小的字，在門的下方。到樓下從冰箱拿出桃子罐頭，用開罐器開到一半時，想到可以把那卷底片拿到沖洗店。車站後頭有一家，開到深夜。今晚等家人睡覺後拿去沖洗。走車站前的那條大街需要勇氣，不過，底片或許照出了那女人的胸部。

秀吉

知道公司已經失去幹勁。實在應該更早知道這事才對。和擔任董事的齊藤見面後，秀吉這麼想。職務津貼方面，只有用餐費像以前一樣由公司負擔，第二攤、第三攤變成得自掏腰包。

「反正招待在減少是吧。」

齊藤這麼說。確實也是這樣。一部分的接單變成透過網路就能完成，所以有外資的公司不喜歡做招待客戶這種事。但現在主要的來往客戶還是會來定期吃喝一頓。餐桌上雖然拿不到訂單，但在吃喝中如何和客戶建立親密關係，就是做業務的技巧。

「明年度開始，會計和會計監察也要委外，也就是外包。所以從這期的招待費起，不可能照以前的方式了。內山，懂嗎？」

這樣的事，連中學生也懂。心裡這麼想，秀吉鞠個躬說，「瞭解了。」來見齊藤前，和部下談的事什麼時候開口呢？公司有好的技術。散熱器或油冷器的核心，散熱片表面的散熱孔的精密鑽孔加工，是不輸給其他公司的高級技術。所以汽車的話，拓展賽車等方面的銷路，同時對其他機械廠商的業務也加把勁，應該就不需要有更多的生產調整了。

秀吉一開始說起公司的技術性潛能時，齊藤手一擺制止說，「知道了。」將近五百個員工的中型企業的董事室，四坪大的房間，只有鋼製桌子和簡直就像小診所候診室用的塑膠皮沙發。窗外是隔棟建築物的牆壁。沒有祕書、沒有高爾夫球推桿練習器，也沒有觀葉植物。在這樣的房間裡，齊藤說，「知道了。」然後嘆了一口氣。

「知道了，內山。你的熱心我懂。但新的企劃案先等等。」

秀吉的想法是，公司應該還能起死回生。沒有接受提早退休，是希望能再像以前一樣，為公司拿到新訂單。

「很快地，就不只是只有會計部門委外而已。整個情況我不清楚，但外包可不是好情況。」

只留下技術開發部門和工廠，然後賣掉嗎？秀吉心想。

「不過，內山，公司不會倒的。但今後會怎樣，我也不是很清楚。所以無論如何，新方案先等等。什麼？沒問題的。七〇年代更辛苦喔。你或許不知道吧，但想到石油危機那時，現在這樣的不景氣算不了什麼。」

什麼石油危機的。你只會講從前的事嗎？不禁怒上心頭，但同時有種無力感。公司的情況，不是秀吉一人就能設法解決的。想起辭職同事的話。

「銀行遲早不會再答應追加融資的。早或晚的差別而已，遲早會處理不良債權的。請想想公司的附息負債，然後純利有多少？只要想像為了償還欠債，普通單人房不得不開價十萬元的旅館就好了。誰會去住那種旅館？內山先生，有些事還是多少有辦法的，但有些事是完全沒指望的，不是嗎？事到如今做什麼都沒用了，就像明知對方已經懷孕三個月，自己還戴上保險套一樣。」

銀行八成會撒手吧。像報紙寫的，把債權賣給政府的金融重整機構，然後公司說不定會被分割，技術部門賣給某公司，事務部門則砍掉不要，會這樣嗎？在這樣的洪流中，自己的存在真的很渺小。覺得身體漸漸虛脫無力。

「你和公司的技術部門關係很長了，我想把你推薦給上頭。或許不久會有職務的調動也說不定，別氣餒，堅持到底。」

這傢伙到底在講什麼？秀吉心想。事務部門砍了就砍了，新公司的人事權還會歸舊公司嗎？還是齊藤對技術部門的收購，掌握到什麼情報？或許是買家跟他說，需要一個對技術熟悉的業務員？這傢伙是在暗示，他在設法救我。真的有在跟買方做什麼交涉嗎？

要離開董事室時，齊藤問說，太太和小孩都好嗎？回答說還好，但也不安了起來，難道他知道秀樹的事？一直沒對公司的人談到秀樹的事。不是特地要隱瞞，而是沒有機會說。在公司的忘年會或慰勞會，不適合談這樣的話題，而且如果跟公司的人談秀樹的事，會有一種奇怪的感覺，像是在講別人的事。

「公司的真實情況，董事有沒有說了什麼？」

回到業務部，叫做立花的直屬部下走過來問說。其他部下也抬起頭，看向這邊。「沒有，那些事都沒說。」秀吉用大家都聽得到的聲音說。

「只談了招待費。第二攤、第三攤大概得自掏腰包了。」

「什麼?!——」全都發出不滿的聲音。

「就像我常說的，不是在有服務小姐的店，而是在大飯店的酒吧招待客戶的人比較有利。所以，可以跟客戶說有氣氛不錯的酒吧，然後帶他們到大飯店的酒吧。有空時，自己也去喝杯啤酒泡在那裡，讓自己變成某家大飯店酒吧的常客。一坐那裡後，就算不出聲，服務生也會按人數送啤酒來。『花園凱悅』的會員，生啤酒也只要一千一百元。別到二流的旅館喔，伎倆會被識破的。」

秀吉這麼說後，員工們笑出聲來。「真的沒提到公司的真實情況是嗎？」立花問說。秀吉點頭。一年後、半年後，或一個月後，他們會知道公司分割的事實吧。秀吉心裡難過了起來。董事的話講得很含混，自己也只能含混。好像某家大學明明要倒了，自己還在教考生考取那所大學的訣竅。

恐怕董事也不知道詳情，說的是猜測和期望吧。確實知道的是，從今年秋天起，因為不良債權處理，銀行已經不接受融資的追加。前面的路會怎樣？不知道。說不定變成債務免除，裁員二、三十人就了事，或者會破產也說不定。公司到底會怎樣？大概誰也不知道。「你和公司的技術部門關係很長了，我想把你推薦給上頭。」齊藤是這麼說的。就算公司分割了，自己一定也能作為業務員留下來吧。這麼一想，心情平靜下來。事實上，不這麼想也不行。

秀吉抬起頭，看看辦公室。業務部的員工們，有的打電話，有的在說話，有的在打電腦。

忽然想起秀樹，一想到他，眼前看到的彷彿失去真實。沒辦法同時思考秀樹和公司。總會有辦法吧，讓自己心裡這麼想。如果變成免除債務，或許公司會像現在這樣存活下去。就算被分割，熟悉公司技術的業務員，絕對是必要的不是嗎？即使變成新公司，應該也少不了我吧。

知美

中午休息時，知美發呆地看著窗外男生在踢足球。夏美走過去，湊到知美身邊說，「和近藤繼續著是吧。」夏美這麼直呼其名說「近藤」，知美並不喜歡。看到她的表情，夏美覺察到，像是要辯解似地又說，「不錯的人是吧。」大概吧，視線沒有離開操場，知美回答說。

其實跟夏美也不是那麼要好，但當初卻跟她談了哥哥的事。夏美也說，她有個親戚也是繭居族的。好像是因為異位性皮膚炎，臉上有傷疤，怕難看，就變得不出門了。兄姊或親戚等等，一個個都是繭居族的話，不禁讓人起疑，日本到底有多少繭居族啊？這麼一講，夏美說，「什麼都不懷疑而活著的人，是最愚蠢的。」

和夏美的關係很奇妙。二、三年級是同班，但也不是老湊在一起。大概三天一次，也不是誰找誰說話，反正就那麼聊了起來。二年級時，總是會有幾個比較要好的同學湊在一起，雖然三年級時就自動散掉。夏美並沒加入我們。和那幾個死黨，上學期間差不多都在一起，去買東西、去遊樂場等等。可是，聊過些什麼，全都不記得了。

畢業以後要幹嘛？這麼問夏美。要幹嘛還沒決定，不過要出國。夏美這麼回答。

「出國，去哪裡？」

「美國吧。知美呢，打算怎樣？」

「打算上大學。目標是『津田塾』和『上智』，需要的話再報考其他學校。」

「什麼院系？」

「文學院。社會福利系之類的。上大學會快樂嗎？」

「看快樂的性質嘍，我想。」

「性質？」

夏美用下巴示意，指指教室和校園的這裡那裡，三兩成群談天說笑的同學們。

「像那樣，幾個人湊一起聊天，不也是快樂嗎？那樣的快樂，大學裡肯定也有的。」

「是啊。」

和夏美說著話，心想，有人和自己思考著同樣的事呢！二年級時，和那幾個死黨去居酒屋，因為是第一次，開始時覺得很新鮮，吵吵鬧鬧的，但三十分鐘後就厭煩了。居酒屋裡，人和人之間的空間很狹窄，而且又吵雜，大家都那樣笑，那樣大聲說話。在居酒屋喝酒的話，覺得大家都會變成同一種類的人。

「其他的快樂，我相信也有。雖然我還不知道，不過我相信會有的。」

夏美的話，心有戚戚焉。小學的時候，也有膩在一起的死黨，國中時也有。感覺好像每個學年都會有新的死黨。那時在一起的，現在都沒聯絡。小學時的死黨，進了國中之後就散掉，國中的死黨，進了高中後就散掉。和那樣的死黨，聊的並不是什麼一定得說的事。

但是，這樣的小團體很重要。譬如說，自己因為哥哥的事而心情不好時，大夥一起說著無關緊要的話，也能暫時忘記煩惱。很害怕被那樣的團體趕出來或欺負，所以煩人的事只能自己一個人承受著。

但是，難道從小學到年老，都得一直形成這樣的小團體而活下去嗎？老年人常聚在公園裡聊天、打槌球，形成小團體。帶著孩子的媽媽們在公園裡形成小團體。看電視劇的話，裡頭的ＯＬ好像也有這樣的小圈圈。不管是上了大學、就業、結婚、年老，都得進入這樣的團體而活著嗎？團體的缺點是，得和大家一致。總覺得自己就是要上大學的。但我去大學是要做什麼呢？難道只是為了去找一起到居酒屋喧鬧的這種新的死黨嗎？

「和近藤什麼都沒有喔。」

上課鈴響回座位時，夏美這麼說。

「知道喔。我也什麼都沒有喔。」

這麼一說，夏美笑了起來。

和近藤在咖啡館碰面，然後一起去印度咖哩餐館。餐館就在「井之頭公園」旁邊，從大窗子可看到很多花木和池塘的一部分。這是第一次和近藤一起吃飯。知美點的是雞肉咖哩和冰紅茶。近藤是海鮮咖哩和印度拉西。

「昨晚熬夜了嗎？」

「沒有，沒熬夜喔。為什麼？」

「因為簡訊收到的時間比較晚。」

「那之後馬上就睡了。」
「但近藤先生有時也熬夜，之前也說過是吧。」
「只有臨時有急的工作才會。」
餐館裡很擁擠。近藤穿牛仔褲、藍襯衫、燈芯絨夾克。知美在車站的洗手間換了衣服。因為近藤總是牛仔褲，配合他所以也穿牛仔褲，上頭是深藍色針織衫，外面再加一件淡綠色罩衫。
「我從來沒熬過夜，也不會去熬夜K書什麼的。」
「喔，這樣。」
「所以覺得熬夜的人好像滿酷的。」
「沒這回事。」
「不是這樣嗎？」
「別熬夜比較好，要不隔天會精神無法集中。」
「工作一個人做嗎？」
「大致上是一個人。」
第一次見面時，近藤在紙上畫了三個圓圈，說明繭居的事給我聽。三個不同大小的圓。最大、最外面的圓代表社會，裡面次大的圓代表家庭，最裡面、最小的圓是個人。繭居的狀態是三個圓分開沒有連結。也就是社會和家庭沒有連接點，家庭和個人也沒有連接點，當然社會和個人也就沒有。於是，變得無法相信別人的個人，一下子要和社會這個大圓連結，是有困難的。所以，先讓家庭和個人、社會和家庭具有連接點，是很重要的。近藤這麼說。所謂連接點，似乎是「溝通」。

預防青少年不良行為的宣傳海報，常寫著「親子有對話嗎？」之類的，或是像「家人有在一起吃晚飯嗎？」也常看到。家人一起吃飯，是溝通嗎？

「這要怎麼說呢？所謂溝通，簡單講就是傳達什麼，在這樣的前提下，『也許無法傳達吧』的這種感覺，是很重要的。這是我在書上讀到的。如果有『也許無法傳達吧』的這種心情，就會開始去思考要怎樣才能傳達。就拿我的工作來說吧，珠寶設計這種東西，也是一種溝通，用自己的設計傳達什麼給參觀者或顧客，不是嗎？所以標新立異或者說奇怪的設計，就算引人注意，也沒什麼意義的。因為並不是為了要讓人家說『這只戒指很奇怪』而設計的，是希望人家說『這戒指很漂亮』或『這戒指有魅力』，所以如果無法傳達自己在設計上想要的，是沒有意義的。無法傳達給對方的話，就沒有意義，我想就是這麼一回事。」

「家人一起吃飯呢？又是怎樣？」

「雖然是好事，但不是那回事。一起吃飯這件事，我們想傳達的是什麼呢？吃飯對我們來講很重要是吧。不吃的話會死掉。肚子餓了，杯麵也會很好吃。但如果不能傳達給對方『這麼重要的飯，我想和你一起吃』，就沒有意義了是吧。誰都想和喜歡的人一起吃好吃的東西不是嗎？知美，這裡的咖哩好吃嗎？」

「非常好吃。我很喜歡吃辣的東西。」

知美這麼說，近藤高興地笑了。平常眉頭緊鎖、表情嚴厲，但笑起來卻顯得很和善。

「如果想藉著一起吃飯這件事傳達什麼，會想要帶對方到哪裡的餐廳是吧。像現在這樣，知美對我說好吃這件事，也傳達了什麼不是嗎？不過，或許說好吃只是客氣。」

「不是客氣喔。」

「好，我知道。總之，就算是吃一餐飯，像我們這樣做，我想也是在溝通。」

「不過，那對有錢人有利吧。」

「為什麼？」

「因為有錢人可以吃好吃的東西。」

「有錢人不只是吃東西，有錢人什麼都佔優勢。『就算窮也沒關係，只要有愛就好』，那是謊話。有錢有愛是最好的。」

「那麼，像我家那樣，規定全家人一起吃飯，不好是吧。」

「說不好還不如說是也許沒辦法傳達重要的事。一起吃飯並不是目的，而是手段。」

不是目的而是手段。原來是這樣。知美也問近藤關於死黨的事。

「有所謂的死黨是吧。我那時總是和那幾個人在一起，但說了些什麼話，現在幾乎都不記得了。為什麼呢？」

近藤低下頭。拿起海鮮咖哩裡的湯匙，放在掰下來的印度烤餅上。死黨是嗎？這麼喃喃說。

「像這樣，我在和知美講話時，當然是想傳達什麼給知美。假定，知美旁邊也另外有個女孩子的話，那麼我說的話，也得傳達給那個女孩子才行。然後再假定，我旁邊也另外有個男的……。」

「這樣的話，就是雙對約會了。」

「對，這樣的情況下，要講話時，得挑四個人都聽得懂的話題是吧。如果有五十個人的話，那就是演講了。我很不喜歡演講的人。」

「你的意思是說『人多話薄』是嗎？」

「對，人多的時候，不太能說切身的話。」

街燈照亮公園的樹木，映在水池表面。近藤撕一片烤餅，沾沾海鮮咖哩，送進嘴裡。知美心想，到現在為止，沒有任何一個大人跟我說過這樣的話。

吃完飯後，到近藤的工作室兼住處。和想像的珠寶設計的工作室很不一樣。水泥沙漿公寓的一室，大小和知美的房間差不多。角落一張窄小的床，睡在上面大概翻個身就會跌下去。剩下的空間被兩張不大的桌子，還有各式各樣的機械和工具佔滿。

「這邊的桌子大致是磨光作業時用的。這是珠寶拋光機，這是電解研磨機。這是磨床，這個叫揚升馬達，不過是牙醫師用的那種電動馬達，旋轉情況很好，非常適合寶石的研磨。這是研磨材料。」

像巧克力塊一樣。盒子裡有七塊，顏色各不同。「這是金、銀磨光用的，然後不鏽鋼用的，銅、黃銅用的，鉻和鈷用的，貴金屬完工用的。」還有上百種的銼刀，測量寶石大小的軌距量尺，測重量的電子天秤，電子比重計，電氣爐和遠心鑄造機。桌子下有液化瓦斯罐和寫著

「氧氣」的兩個細長罐子。

兩張桌子之間是延伸貴金屬的滾筒。滾筒兩側附有齒輪樣的把手。椅子後頭立著像障礙賽上常看到的粗原木。原木中間打進拳頭大小的鐵砧，周遭用鐵絲纏繞著，上面掛著一大堆不同樣式的鉗子。知美覺得一把鍍銀的小平鑵很可愛。近藤說那叫鑽石鑵，用來放珠寶的。房間讓人覺得像是童話世界裡醫生的房間。

「抱歉！髒亂的地方。」

在只能站著一個人的廚房那邊，近藤邊煮開水邊這麼說。「沒這回事。」知美微笑說。然後借用了廁所，裡頭也放著紙箱、藥品、工具。近藤泡了可可，兩人並肩坐床邊喝。在這床上做愛的話，會跌下去吧，知美心想。

「近藤先生上過珠寶設計學校對吧。」

「專科學校。」

「東京也有嗎？」

「有喔，我上的學校在新宿。」

「那所專科學校畢業的話，就能成為珠寶設計師嗎？」

「倒也不一定。我是教過我的老師收我做徒弟，做他的下手這樣開始的。我上的那學校，只有兩班，學生差不多七十個，成為設計師的只有我一個，那位老師這麼說的。」

「競爭很激烈是嗎？」

「也不能說是競爭激烈。我想，簡單講，是有沒有放棄的差別。」

「近藤先生沒放棄對吧。」

「嗯，也不是放棄不放棄。知美，妳知道打籃球的丹尼斯．羅德曼嗎？」

「喔，運動方面我不行。」

「頭髮染綠、染粉紅，身體刺青、穿洞那一個。不知道嗎？曾經是瑪丹娜的情人。」

知美搖頭。近藤把兩張桌子其中一張挪過來，「有點工作忘了做，現在做沒關係吧？」當然沒關係，知美回答。近藤的桌子和知美坐床邊的地方，相距不到一公尺。

「羅德曼自傳的半生改編成電影，我去租了影帶看過。羅德曼去上奧克拉荷馬大學，但鄉下地方，種族歧視很嚴重。羅德曼在那裡和一個喜歡籃球的小孩做了朋友。因為那小孩平常很孤獨，他爸媽很高興看他交了朋友。小孩的父親經營一個大農場，羅德曼在他家租住，和他們處得像家人。但羅德曼和其他有種族歧視的白人常起衝突。後來他跟農場主人的老頭說，想放棄打籃球。羅德曼是在沒有爸爸的情況下長大的。」

近藤查看桌上的工具。像殺蟲劑噴霧罐似的前端帶有噴嘴的噴火槍，像理科實驗用的那種坩堝，有點變了色的小鉗子。

「有一次，農場主人生氣地對羅德曼說，『我不想再聽到你說要放棄打籃球的話了！』然後要羅德曼大聲說『我絕不放棄！』羅德曼說了好幾次，但老頭要他大聲些、再大聲些，叫他喊了一遍又一遍。日語字幕寫的是『我絕不放棄』，但聽英文的話，講的是They can't make me quit!」

近藤從抽屜拿出像銀棒似的、大約十公分長的白金條，放在坩堝上。用百元打火機點燃噴火槍，然後戴上圓框的眼鏡。他把多的一副眼鏡遞給知美。戴上去後，視線變得比戴太陽眼鏡更暗。白金熔解時，會出現像太陽日冕似的強光，近藤這麼說過。

「那句英文的意思就是『他們沒辦法要我放棄的！』我們做某件事後，如果覺得辛苦，在厭煩時會想要放棄對吧。但那是不一樣的，在看羅德曼那部電影時，我這麼想。或許有什麼事或什麼人會要我放棄，不是我自己，我這麼想。也許是班上那七十個學生，或是認為珠寶設計不是男人工作的我老爸。」

噴火槍的聲音漸漸增大，從前端噴出來的火焰也改變顏色。知美輕輕挪一下眼鏡，火的顏色從赤紅轉橘，然後又變成綠色，最後變成透明，完全看不見。白金熔化時，溫度會達到一千七百度到兩千度，近藤說。知美靠近近藤一些，因為噴火槍的聲音太大，近藤的聲音不容易聽清楚。

「當學徒時，不太好玩。白金的最後完工，沒完沒了地刮。用刮刀那種工具把表面處理光滑。可以說是單調得讓人厭煩的工作。那樣一直下去的話，誰都會有想放棄的念頭，不那麼想的不是人。不過，如果不是想『還是放棄了吧』，而是想『有人要我放棄』，那麼意義就不一樣了。」

噴火槍的前端越來越靠近坩堝上的白金。透過眼鏡看，火焰是橘色的。一下子，白金的顏色開始改變。微微顫動的白金，雪白的顏色產生變化。比金、銀更重的金屬發光顫抖著，看來有點可怕。知美稍微挪一下眼鏡。一瞬間，白金燃燒起來。然後眼前一片白，炫得什麼都看不見。知美閉上眼睛。近藤的聲音和噴火槍的聲音重疊著。雖然閉上眼睛，白金發光的影像仍鮮活留在眼簾裡。知美有種不知身在何處的感覺，耳邊響起近藤的聲音。

「想放棄和有人要我放棄，是完全不一樣的。心想放棄吧，是對自己曾經選擇過的事，變得有疑問了。可以想成是，一開始就沒有特別想做那樣的事。受夠了單調的工作，覺得厭煩時，就看你是怎樣想的。如果想的是，是自己想做這工作，但別人想要我放棄。如果這樣想的話，態度就會改變了。」

秀樹

出去的時候該穿什麼衣服呢？秀樹猶豫著。在房間裡都是穿襯衫，但外頭有多冷呢？上一次外出是到便利商店買電池，那是十天前吧，應該是吧。從那天到現在，至少已經過了一個禮拜，但應該還不到兩個禮拜。日子的感覺不太有。那晚去便利商店，是怎麼穿的，也不記得了。好像是一身運動服，但記得不是很清楚。

便利商店和站前大街不一樣。便利商店裡，人的氣味淡。開始繭居前，和媽媽去買遊戲軟體，然後順便到社區旁的菜市場。像攤攤似的開放空間，有肉店、蔬菜店、魚店、乾貨店，擺著沒裝袋的貨品，然後擴音器廣播說哪種東西便宜……是像那樣的地方。「雖然得繞點路，不過東西又便宜又新鮮，所以想去那裡買。」媽媽是這麼說的。

買遊戲軟體時，已經累得有不好的預感，跟媽媽在市場走著走著，恐慌襲身而來。「便宜牛排肉！」招攬顧客的聲音；幾十條有頭有尾、相疊並排的全魚；從天花板鉤吊下來的大塊豬肉；水泥地板上散落一地的蔬菜屑；裝滿木桶的醃菜、梅乾的味道；店員、顧客大聲地說話。

覺得不舒服，衝進簡易廁所，但排泄物把馬桶弄得髒兮兮。跟媽媽說不舒服要先回家。走在路上，覺得回家的路好像沒有止境。從那時起，媽媽開始懷疑我是不是生了病。那個菜市場和便利商店是完全不一樣的地方。那個菜市場的魚、肉、菜都非常生鮮。和裝在保麗龍盒子裡，用包裝膜密封住的魚、肉片是不一樣的。聯想到活生生的東西，呼吸就困難起來。

因為要走站前大街，還是洗個澡比較好？剛開始繭居時，一天洗十幾次的澡，因為覺得自己的身體一下子就會有汗臭。但有一次被洗澡搞得很累，那之後就變得不太洗澡了。在繭居族網站的ＢＢＳ上，有貼文寫說要固定洗澡。不過，自己並不是怕麻煩而不洗澡，而是被討厭自己馬上會有汗臭味的事情搞累了。

照了浴室的鏡子，鬍子長了。刮了鬍子，不洗澡的話，至少洗個臉。牛仔褲、運動衫，再穿上背面繡有骷髏頭的運動服。聞到運動衫的洗衣精味道，瞭解到自己正打算外出，要走站前馬路的事，變得害怕起來。把運動衫脫掉丟床上。這樣就解決了，不出門就是了。反正從以前到現在，也像這樣放棄過很多事情。清掃大樓的工作也是，剛做幾天就辭掉。辭掉也沒發生任何問題。

坐床上開始看漫畫。時間會這樣過去，漫畫看個四、五本的話，天馬上就會亮，然後再鑽進被窩裡就行了。開始看新出版的漫畫，但注意力卻無法集中，視線的邊緣有個圓洞。對面人家的燈好像還亮著。不能看進照相機。因為看的話，就會看到那個女的，就會按下快門，就會有想要出門沖洗相片的念頭。不能從那個圓洞往外頭窺看。但如果是這樣的話，為什麼自己不會想把那個洞蓋住呢？要蓋住那個洞很簡單。剩下的製圖紙剪一片貼上去就可以。為什麼不這麼做呢？

想著這樣的事，心頭不安寧了起來。那女人的乳峰和乳溝，像不停止的錄影帶一樣反覆浮現。漫畫的情節看得七零八落。知道精神已經無法集中，就像看著失焦的影像一樣。秀樹把手上的漫畫扔在床上。

外頭比預料的冷。感覺空氣冷冰冰的。半夜一點多從外面看向自己的房間，窗戶的圓洞透出光線，感覺像是小學生成果發表演出時做的滿月似的。對面的柴山家，一公尺高的牆壁和高高的樹圍繞著。彎彎曲曲的大鐵門，門柱上黑石的門牌刻著金字的「柴山定之」。柴山才三十幾歲，是一家中型製藥公司的小開，但本人好像在廣告公司工作。老爸有次和老媽這麼談著。反正是父母給他蓋的房子吧，老爸不愉快地這麼說。名牌上沒有女性的名字。從樹的間隙，可看到仍亮著燈的一樓和二樓。光是看著那樣的亮光，心跳就加速起來，秀樹趕緊走開。

穿過住宅街，經過便利商店前的小街，走到大馬路，在郵局那邊左轉，走進拱廊式的商店街。商店街中間有漫畫咖啡店和照片沖洗店。雖然沒什麼行人，商店街卻很明亮。二十四小時營業的藥房裡，左手提著購物籃的中年男子正在買噴霧防蟲劑。還有自動販賣機前，跨坐腳踏車上，正要按罐頭咖啡按鈕的年輕男人。販賣機三台並排，裡頭的螢光燈亮得有點刺眼。

歡迎光臨。踏上自動門前這麼寫著的踏板，在開門聲中和來客鈴的音樂聲中，走進店裡。一進去的地方，就是櫃檯和樓梯。櫃檯上有個叫人的鈴。樓梯的牆壁邊，掛著手寫的看板：漫咖「ヨッチン之家」在上面。按了鈴，一個長髮男子走下樓梯，收下底片後這麼說，「差不多要四十分鐘，要不要上去看漫畫？」

上到二樓，叫了烏龍茶，看《北斗神拳》。另外有三組客人：上網看著成人網站的高中生；吃著炒麵、喝著啤酒、看著「女士漫畫」的兩個公關小姐；還有一下子看看手機螢幕，一下子看看漫畫的年輕上班族。剛進去那瞬間，大家都看了秀樹一眼，然後就沒人再注意他了。

「什麼都沒照出來，完全黑的。」

長頭髮的男人這麼說。秀樹雖然感到失望，但只說了「喔，這樣啊！」就付了錢。

「沖片費就可以了。因為沒有洗相片。底片要怎麼處理？」

「還是請給我。」

「太暗了喔，拍的是什麼？」

「風景。」

「用高感度底片怎麼樣？要拍夜景的話，那樣比較好。」

「你們有賣嗎？」

「要800的還是1600的。」

「有什麼不一樣？」

「1600是最高感度的。」

「那就請給我那個。」

很久沒和人說話了。秀樹的心情高昂。那個長髮的店員說話簡單明瞭，態度又親切。可惜沒有照出女人的身影，但買了高感度的底片，這次應該沒問題了吧。漫咖的氣氛也不錯。老漫畫也有，店員、客人之間都互不干擾。將近兩年前上的那家大學附近的漫咖，客人每個都像是老顧客，感覺很不舒服。

想在拱廊出口的販賣機買點什麼。心情高昂地快步走來，所以口也渴了。一個卡車司機在買熱咖啡，找回的零錢掉在地上。撿起來拿給他，「謝謝！」對方這麼說。秀樹看著那輛卡車發動開走，買了罐低卡的可樂。

吹著口哨，邊走邊喝可樂。尋找愛犬的紙條貼在電線桿上，兩歲博美犬，九月底走失，名叫Sunny。兩隻耳朵好像繫著粉紅的緞帶。狗狗相片的彩色影印也附著，還寫說會酬謝發現的人。來到柴山家前面那條路時，聽到像是什麼小動物的叫聲。好像有小白鼠或蒼鼠之類的，在草上走動的沙沙聲。

秀樹爬上柴山家的圍牆。粗糙的石頭牆壁，抓住上頭的鐵柵欄，很容易就爬上去。牆的內側種著修剪得細細的杉樹，壓彎樹枝，身體閃進去。在緩緩傾斜的草坪庭園裡，到處有樹叢。最裡頭是白色牆壁和橙黃色屋頂的房子。高起來的玄關上，兩座聖母像並列，簡直像個小宮殿似的，還有兩根有花紋的柱子。雖然很大，卻是少女趣味的住宅。秀樹小心不發出聲音，跳進院子裡。屋子裡的燈都關掉了。低著身子往前走一點點，馬上就看到旁邊樹叢的陰影裡，裸體的女人蹲在那裡。秀樹差點叫出聲來，趕緊用兩手掩住自己的嘴巴。月光和街燈映照下的女人，抱著自己的膝蓋蹲著，呆楞地看著眼前的地面。長髮垂在背後。應該就是黎明時刻在取景器裡看到的女人。這樣的深夜裡，在做什麼呢？應該有發出聲音，為什麼沒注意到我？得趕快閃人，如果那女人發出聲音，我可是侵入住宅罪。

正想這樣悄悄往後退時，女人抬起頭看到秀樹。秀樹覺得心臟像凍僵了一樣。從正面看到的臉，女人的眼梢那邊有像黑線似的東西。看了一會才看出那是血。女人看到秀樹，眼睛閉起數秒，然後視線又回到地面上。或許是冷的緣故，女人顫抖著。秀樹不知道自己為什麼會那麼做，他靠近過去，把運動服披在她肩上。女人抱著膝蓋的左手手指，好像在請求什麼似地動著。顫動的手指，像是要抓住什麼似地。秀樹兩手輕輕握住她的手指。非常冰冷的手指。女人很用力地回握秀樹的手。運動服下，可看到小腿肚和臀部的輪廓。

忽然玄關的門打開，男人的聲音說：「Yuki，冷吧。反省了嗎？」

秀樹甩開女人的手，趕緊逃開。「誰？」雖然聽得到男人的聲音，但秀樹沒回頭看。之後才想起忘了運動服。

第三章

二〇〇一年十一月×日・內山家的晚餐

認為自己就是自己，
和別人本來就不同，沒什麼好比的，
這種人是特別堅強的人吧。

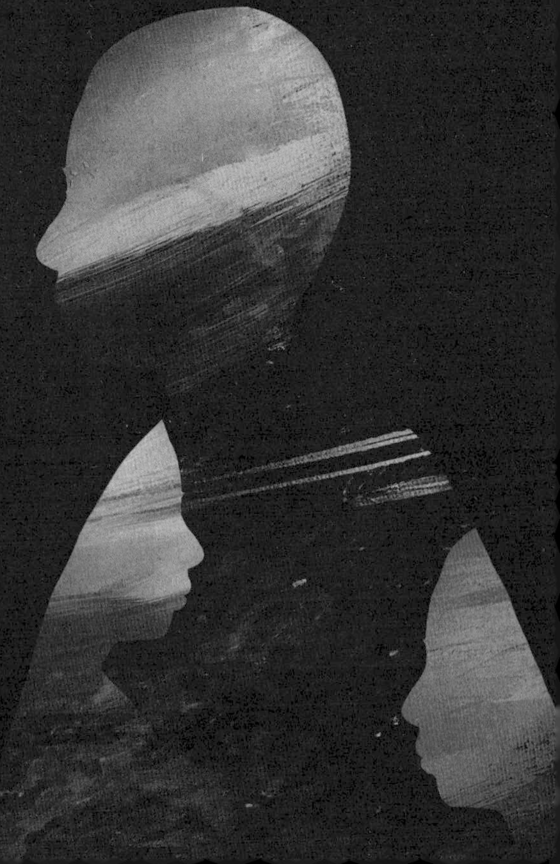

知美

知美回到家。該馬上和媽媽商量嗎？「回來啦！」媽媽在廚房這麼說。還說四十分鐘以後可以吃晚飯。爸爸還沒回來。趁爸爸還沒回來時，和媽媽商量近藤說的事比較好呢，還是？今天也去了近藤的公寓。從那回看了白金熔化的樣子以後，每隔三天左右就去一次。今天蹺了一堂課。逃一節課，就能多待在近藤的房裡一小時。不過近藤什麼也沒做。自己也不知道，是不是想和近藤做什麼。今天要回來時，在狹窄的玄關裡，近藤生硬地抱著我。他的身體像是沾有金屬熔化開時的那種味道。

「其實是不想讓妳回去的。」

放開後，近藤這麼說。

「不過，這裡太小了。和知美認識後才發覺，想向女人要求什麼的話，得向她撒嬌才行。現在，我不想對知美這麼做。」

不太懂近藤到底在說什麼。如果近藤要求的話，我會答應的。就算已經知道近藤的住處和自己想像的不同，又小又髒，床小得連用力翻身都沒辦法，但還是特地穿了大人味的內衣。

「妳瞭解我的意思嗎？」

「瞭解。」這麼回答，但其實並不瞭解。

「繭居的時候，不瞭解自己是在跟媽媽撒嬌吵鬧。和媽媽到百貨公司買收錄音機時，媽媽在售貨處說，不需要這麼大的音響吧。我用整個百貨公司都聽得到的聲音大嚷說『混蛋』『跟妳說閉嘴』，嚷了好幾聲。店員和其他客人都嚇一大跳，每個人都看著我們。我媽媽眼角泛著淚光，但因為覺得不好意思吧，想對周遭的人露出笑容。『沒什麼事喔。』我媽媽試著擠出笑容說。那樣的笑容，絕對忘不了。自己的母親，那樣流著眼淚，卻又害她不得不露出笑容，這樣的自己，無法原諒。即使現在也還是無法原諒。我們的周遭，在不注意的情況中，有太多的任性。說不想讓知美回去，也是任性。知美是高中生，家人也會擔心。明明知道這樣，還說不想讓妳回去，也是任性。讓別人為自己犧牲，讓知美因為我而沒回家。這樣來試探知美的心情，是不對的。太任性了。」

近藤送知美到車站。在路上，兩人幾乎沒說話。說再見時，近藤問說，「能好好考慮去義大利的事嗎？」「會考慮的。」知美回答。

知美洗了澡。剛才要進浴室時，和隔壁廁所出來的秀樹擦身而過。「ㄟ，知美。」秀樹叫住她。

「妳有被男朋友打過嗎？」

秀樹這麼問。因為很久沒說過話，一下子吭不出聲。「沒有啊。」這麼回答。秀樹「喔」一聲，進去自己房間。有點奇怪呢，在浴室脫衣服時，知美心裡這麼想。繭居之後不用說，繭居之前也一樣，不是那種會問到妹妹男朋友的人。有被男朋友打過嗎？是碰到什麼事嗎？

脫內褲時，想到近藤。做愛和任性有什麼樣的關係呢？並不是不想和我做愛。如果去義大利的話，我們會做愛嗎？近藤今天突然說，要不要一起去義大利？旅行嗎？知美問。不是旅行。

「存了一點錢，所以想去義大利上學。最初三個月，先到佩魯賈那邊的語言學校，然後再去上熱內亞的珠寶設計學校。知美要不要一起去？」

一開始，心想這個人到底在說什麼？雖然最近常和他見面，但認識到現在還不到兩個月，連接吻都沒有過，就要一起住了嗎？

「佩魯賈是個小城市，房租什麼的也不會太貴。不過，如果自己一個人去的話，到時反正也會和哪個人當室友，因為兩個人比一個人更容易租到好房子。日本人通常還是和亞洲人一起住的情況比較多，譬如和韓國人或中國人。所以，既然這樣的話，那就和知美一起住比較好囉。」

等下等下。我去義大利要做什麼呢？

「就先學義大利語也不錯不是嗎？總之，義大利是設計的大本營。珠寶方面不用說，家具、皮包、衣服、皮革工藝、銀飾、平面設計、建築等等，就連工業設計也是，很厲害的。都市或環境設計之類的，最近也興盛起來。而且義大利也是音樂和美術的重要國家。」

「嗯……，這不是要我和你結婚什麼的是吧。」

「對，不是喔，不是在求婚喔。也不是在勉強妳。知美也有在思考未來的計畫吧，只是希望妳把它當作一種可能性來思考而已。」

未來的計畫，被近藤這麼一說，才意識到根本沒有。津田塾、上智、作為候補的適當私立大學。文學院、社會福祉系。這樣的方向，到底什麼人、什麼時候決定的？爸媽、老師，或還有我自己，都認為我要上大學。「上大學會快樂嗎？」上次這麼問夏美。我現在想的首先是要享樂。自己有在思考要念什麼、要選擇哪種職業、要成為什麼樣的人嗎？

其實什麼都沒在思考。對於沒有在思考這件事，一直在敷衍逃避。船到橋頭自然直，自己一直這麼想。上大學後，就要搬出家裡，是這麼想的，但爸爸會答應嗎？不知道。因為近藤問說要不要一起去義大利，變得不得不思考許多事。到外國，只有小學時和家人去過塞班島而已。義大利是什麼樣的地方，連想像都無法想像。不過，只有一件事覺得擔心，所以說了。

「如果是這麼小的床，我沒辦法睡。」這麼一說，近藤笑了。

「是這樣的，至少會租有兩個房間的公寓。如果有客廳更好，也就是客聽、廚房、廁所共用，然後各有各的房間。知美可以挑選自己的床。義大利的床很漂亮的。雖然在日本買很貴，但在義大利的話，因為是國產品，是『Made in Italy』，不會貴的。」

床有那麼漂亮嗎？我這麼嘟囔著時，近藤拿出兩本攝影集。第一本是那個叫「熱內亞」城市的攝影集。扉頁是熱內亞市的全景，我一看不禁倒吸一口氣。金色粼粼的海面，另一頭是古老的石造城市。山丘上有塔有鐘的教堂，鐘聲彷彿徐徐傳來。下一頁是海邊的咖啡館和餐館。五顏六色的遮陽傘下，喝葡萄酒、吃海鮮的人群。再下一頁是舊市區的古老街道。中世紀風貌的砌石和牆壁，有雕像和水池的公園，廣場、噴水池、鴿子，遊艇隨波起伏的港口，修道院的中庭，橄欖樹和葡萄樹園，市街的林蔭道。

第二本是寶格麗集團的珠寶收藏攝影集。第一頁是雪花晶體的項鍊，黃金鑲邊，中間嵌進密密麻麻的小鑽石。「哇，真漂亮！」不禁脫口而出。第二頁是一張老相片，一個蓄著鬍子、眼神銳利的老人。

「索帝里歐．寶格里。寶格麗集團的創辦人。」

近藤跟我說。

「寶格里原本是希臘人，而且是出身阿爾巴尼亞鄰近深山的村莊。那時希臘和土耳其正在戰爭，另外在巴爾幹半島，俄羅斯和希臘也開始打起來，非常混亂的時局。不過，寶格里存活下來，後來逃到義大利，並且生意做得很成功。妳知道他為什麼有辦法這樣？」

「是腦袋很好嗎？」

「那個也是。但最主要的原因是，他是手藝很好的銀飾師傅。手藝好的工匠，到哪裡都活得下去。」

近藤和至今交往過的男孩，是完全不同的類型。到現在為止，和兩個年紀差不多的男生交往過，但記憶仍然鮮明的只是，去年和前年的耶誕夜，騙了爸媽，在立川和西新宿的「城市大飯店」過夜的事。其中一個是國中時的同班同學，另一個是生物社的學長。被覺得滿帥的男孩親嘴、撫摸頭髮、脫掉衣服，心裡怦怦直跳。追求自己的男人，在這世界上確實是有的，知道這樣。知道自己不是沒人喜歡的女孩，能這麼想。和覺得很帥的男孩去迪士尼，看到其他女孩羨慕的樣子，心裡很高興。

近藤不是那樣的男孩。他既不去迪士尼，也不去旅館。看到近藤熔化白金時，覺得緊張。腦海現在還閃現，那時白金發光的情景。一邊發光一邊顫抖著的白金，簡直就像外太空的生物。美麗，卻又有一種哀愁。近藤說的話，有時也會聽不懂。但絕對錯不了的是，自己到現在為止，從沒和任何人那樣說過話，不管是和爸媽、老師，或男朋友。也沒有聽過哪個像近藤那樣說話。這是怎麼回事？這就是所謂的「重要的人」嗎？

洗完澡出來，爸爸已經回來。錯過和媽媽談義大利一事的時間了。爸爸坐在餐桌那邊的椅子。「回來啦！」對他這麼說。「對。」無精打采地回答。領帶沒解，衣服也沒脫。「要洗澡嗎？」媽媽這麼問，不過沒回答，而是說「給我啤酒。」臉色不太好，一定是在公司碰到什麼不愉快的事。因為在工作，是很辛苦的，雖然這麼想，但還是希望他別把公司裡不愉快的事帶回家裡來。爸爸看起來不高興的話，媽媽和我就會緊張。

爸爸一邊看晚報，一邊開始喝起啤酒，所以媽媽開始把飯菜擺上桌。我也幫忙。麻婆豆腐、炸雞塊和通心粉沙拉。炸雞有香料的味道，很好吃的樣子。媽媽先把炸雞擺在爸爸前面，我把大盤的麻婆豆腐端上桌。爸爸只是瞪著炸雞看，沒有想吃的樣子。「給我吃一塊。」一這麼說，抓了一塊放進嘴裡。「唉！」爸爸這麼說，看著我，但眼神無力。「知美規矩很不好呢！」媽媽這麼說時，玄關響起鈴聲。

「會是誰呢？」

媽媽走去玄關那裡。「打擾你們吃飯，很抱歉！」這麼說的男人聲音。
「我是對面的柴山。搬來時，曾來跟你們打過招呼。」
「是的。很謝謝您那時的多禮。」
爸爸一邊喝著啤酒，一邊注意著玄關那邊。
「其實有些難以啟口。是有關您兒子的事。」
父親臉色一變。把啤酒杯往桌上一放，連身體都朝向玄關。
「秀樹怎麼了？」
聽得出媽媽的聲音有點顫抖。知美的心跳也加速起來。
「您兒子，我們家，怎麼說呢，在窺探吧。有一次好像半夜跑進我們院子裡。那時把這個忘在那裡，所以先拿回來還。我也不認為您兒子有什麼惡意。但內人有些害怕。內人有點神經過敏，我也跟她說了，沒什麼惡意，不用擔心。但她覺得不安，最近夜裡也不太睡得著。所以，雖然覺得很抱歉，但還是多嘴地來向您說這件事。」
「給您造成困擾，真不知該說什麼來表達歉意。我們也是常常訓誡他。真不知該說什麼來表達歉意。真的很對不起！」
玄關關門的聲音。這下要天翻地覆了，知美心想。爸爸氣得臉都變紅。媽媽抱著背面繡有骷髏頭的運動服進來。「是對面的柴山先生。」
「我聽到了。」
爸爸站起身來，大喊一聲「秀樹！」知美掩住耳朵。抹掉嘴唇邊的啤酒泡沫，爸爸往二樓走去。哥哥有窺探對面人家、半夜跑進人家院子嗎？走在樓梯上的爸爸，又大吼一聲「秀樹！」媽媽就那樣抱著運動服，不安地抬頭看著二樓。

「什麼事?!」

傳來哥哥的聲音。

「你在窺探對門柴山先生的家嗎？半夜跑進人家院子裡嗎？為什麼幹那種事？你那是犯罪喔，秀樹！要讓警察來抓你嗎？」

「你在講什麼！你根本什麼都不知道！」

「柴山先生剛剛來過，都聽他說了。走！現在到柴山先生家，去道歉。叫你走！走啊！」

傳來推擠拉扯的聲音。走廊地板發出吧嗒吧嗒用力踩踏的聲音。說不定是扭打了起來。

「他打他太太喔！」

聽到哥哥的聲音這麼說。知美想起哥哥說的，「妳有被男朋友打過嗎？」

「你是相信兒子還是相信別人?!」

哥哥的聲音這麼說。

「要我相信你是嗎？嗯——？你有做什麼能讓我相信的嗎？嗯——？這一年半來，有做一件能讓我相信的事嗎？」

應該是在扭打。兩人的聲音變得含混不清、很不自然。忽然，爸爸從樓梯滾了下來。哥哥在樓梯上，呆呆地看著跌下來的爸爸。爸爸以奇怪的姿勢倒在那裡，動也不動。血從額頭流出來。

「知美，叫救護車！」

媽媽這麼說。

秀吉

「回來啦！」

昭子相迎打招呼說。沒回答她。是有什麼事發生了？一起住了二十二年，光看臉色她也會覺察得到吧。到現在為止，幾乎都沒和昭子談過公司的事。突然說起的話，會不安吧。

「還好嗎？工作上。」

昭子已經不安了。誰要像我現在這樣的臉色，看到的人都會不安吧。

「沒問題喔，總會有辦法的。」

這和齊藤的說法不是一模一樣嗎？秀吉心想。「沒問題嗎？」雖然這麼問了，齊藤也只說，「總會有辦法的。」「內山，我會想辦法的，沒問題的。」至於什麼沒問題、怎麼沒問題？具體內容，一點也不知道。

「要洗澡嗎？不過知美正在洗。」

待會沒關係。秀吉這麼說，坐在餐桌旁。

「馬上就可以吃飯了。」

昭子用圍裙擦拭濕濕的手，又走回廚房。遲早總得跟昭子說吧。結果是，公司並沒有自力重整的打算。今天，部下聽到有第二業務部的傳聞。部下聽到的傳聞大致沒錯。去向齊藤確認，被訓說無聊，就沒再甩我。入秋以來，銀行好像真的開始對公司減免利息。對銷售降低、利潤減少的公司採取的債務利息減免。然後，那會被認定為不良債權。公司如果被分割，只有技術部門賣掉，經營團隊那些人就會在沒有退職金的情況下被解僱。但像秀吉這樣的業務員的話，只要現在能有點成績，或許會被併購的公司留下來也說不定。雖說只賣技術部門，但業務人員還是需要的吧。

抱著這樣的想法，一方面學習網路產品介紹、接單、匯款系統的方法，然後又和部下開會計畫開拓新客戶，但不管怎麼跟齊藤說明這些事，還是不肯給任何一毛的預算。「就是這種情況，新企劃還是暫時停止好嗎？」「沒問題的喔，總會有辦法的。」齊藤只是反覆這麼說。總會有辦法？公司會怎樣，齊藤並不知道，所以只能說，「總會有辦法的。」董事長也不知道吧。也許連銀行也不知道該怎麼辦，不是嗎？

不知什麼時候，知美已經坐在桌子對面了。髮尖濕濕的。又洗澡了嗎？又不是夏天，為什麼得早上也洗，晚上也洗？「回來啦！」她跟我說。回來了，這句話卻回答不出來。雖然知道對知美那樣，還有讓昭子看到疲累、不愉快的臉色，也解決不了什麼，但心情還是轉變不過來。「要洗澡嗎？」昭子問說。洗個澡心情會比較舒暢嗎？「啊，好。」正想這麼說時，又想起第二業務部的事。所謂第二業務部，就是要把裁掉的主要人員集中起來而成立的。或許不久會有職務的調動也說不定，別氣餒，堅持到底！齊藤這麼說。

「給我啤酒。」聲音變得不耐煩。感覺到昭子和知美嚇一跳。廚房飄來料理的香味。我喜歡看到昭子和孩子們，那種吃飯吃得津津有味的樣子。就算向討厭的客戶低頭，想到那是為了家人的歡笑時，就不會覺得怎樣了。我擔負著家人幸福和安定的責任，只要我一不穩的話，昭子和孩子們就會跟著不安。這些年來一直這麼想，現在也還是這樣。所以不能讓他們看到我的不安。不能談起公司目前的情況。

晚報一整面的頭條新聞是：大間銀行不良債權的處理終於正式開始。依政府估計，失業人數最終將達十二萬人。但民間智庫卻提出一百五十萬人的數字。報紙只不過是數字。但真正失業的人看到的是地獄，就像陣亡者一樣。菜擺到眼前，卻覺得喉嚨像是塞著破布，沒有吃得下的感覺。是炸雞塊。用加了薑、蒜的醬汁醃泡半天，再沾上太白粉油炸。是我喜歡吃的。昭子是希望我能比較有精神些吧。「給我吃一塊。」知美說，抓了一塊放進嘴裡。

鈴聲響起，昭子走往玄關。是來收款或推銷什麼的吧。推銷的話，我出去吼他一頓。

「打擾你們吃飯，很抱歉。」柔和的男人聲音說。

「我是對面的柴山。搬來時，曾來跟你們打過招呼。」

是他啊！宿醉和下痢藥品公司的小開。靠老爸的關係進入廣告公司，在九十坪土地上蓋了訂造住宅。和昭子的談話傳入耳朵。說秀樹在深夜進入他家院子、從窗戶窺探他家。柴山像播音員似的柔和聲音和用語，覺得像針似的，一字一句刺進身體裡。

「給您造成困擾，真不知該說什麼來表達歉意。我們也是常常訓誡他。真不知該說什麼來表達歉意。真的很對不起！」

聽得到昭子道歉的聲音。不用道歉那麼多次也可以吧。昭子抱著背面繡有骷髏頭的運動服走進來。「是對面的柴山先生。」

「我聽到了。」

探討繭居族的書上寫說，父母對待孩子的方式是問題所在。有的寫說不能放任，也有的寫說不能干涉太多。事實上，在爭吵時，秀樹有時也會抱怨，小學時和老師處不好而煩惱，家人卻不關心；志願學校落榜時，想一個人靜靜地，卻勉強他一起吃飯。沒有關心他，沒有讓他一個人安靜獨處。到底要怎麼做才會高興？書上寫說，對繭居的孩子，首先要顯示你的理解心。但要怎麼理解呢？都已經二十一歲，什麼也不做，對辛苦工作的父母也不尊敬。對這麼一個窺探對面人家、半夜跑進人家院子裡的兒子，要怎麼理解？這個混蛋傢伙！

「秀樹！」大叫出聲。知美掩住耳朵。秀吉走上二樓。

「什麼事?!」

秀樹打開門。房間裡烏漆嘛黑，什麼也看不見。

「你在偷窺對面柴山先生的家嗎？半夜跑進人家院子裡嗎？為什麼幹那種事？那是犯罪喔，秀樹！要讓警察來抓你嗎？」

「你在講什麼！你根本什麼都不知道！」

「柴山先生剛剛來過，都聽他說了。走！現在到柴山先生家，去道歉。叫你走！走啊！」

「他打他太太喔！」

這傢伙在講什麼！「你是相信兒子還是相信別人?!」秀樹推我肩膀。想把他的手抓開，反而被他抓住領帶。秀樹發出低沉的聲音，拉扯領帶，脖子被勒緊。想把秀樹的手扯開，但扯不開。呼吸越來越困難，恐懼和怒氣湧上來。左手抓住秀樹的領口，把身體拉過來，右拳打向鼻子。但秀樹抓住領帶的手擋住力道，沒辦法用力打下，不過拳頭還是打到上唇。拳頭握緊的手指，感觸到柔軟的嘴唇。嘴唇被擠壓，感覺打到了牙齒。秀樹眼神一變，抓緊領帶，身體靠過來，膝蓋撞擊腹部。膝蓋頂進心窩下，一下子什麼都看不見。失去平衡站不住，踉蹌往後倒。秀樹抓住領帶的手放開，腳往臉上踢。身體支撐不住，天花板在旋轉。想抓住樓梯扶手，但手沒半點力氣。身體一歪，橫倒下去。隨之而來是膝和側腹的撞擊。一瞬間看到昭子的臉，但那張臉是倒轉三百六十度。視線變暗，然後完全消失。

昭子

早上，到從事家訪輔導的非營利組織。地點在荻窪站北出口一棟有各種店鋪的小樓房裡的一個房間，名稱叫做「長谷川團隊諮商」。對方說一次家訪輔導的費用五千元。一星期一、兩次家訪的話，月費要三萬以上。竹村的諮商和家長會主辦的諮商等等的費用已經是兩、三萬。交通費用也不能小看。一聽說家訪一次要五千元，昭子臉現愁色，看到那樣的女諮商員說，

「這已經是我們為了維持運作的最低酬勞了。」

我瞭解，昭子說。在處理繭居族事務的人裡，昭子並沒碰過讓人覺得討厭的人。沒有擺架子或自我吹噓的人。「長谷川團隊諮商」的這一位女性看來也是溫和、可信賴的人。和繭居族面對面的人，是深深瞭解說教、命令、斥責、激勵、懲罰這些東西是完全沒有意義的。這並不是書上看來或誰教的，而是在實際面對繭居族本人之際，深深體會到的。

昭子現在已經瞭解，繭居者和嬰兒是很像的。對嬰兒訓話、斥責，或因為他們不聽命令而

生氣，不按照要求做而加以懲罰的人，是異常的。做母親的，是在撫育的過程中，學會和嬰兒溝通。育兒書雖然有用，但更多的時候是在實際和嬰兒接觸後才瞭解的。聽了竹村、保健福祉中心人員、家長會諮商人員的談話一年多後，昭子總算才開始意識到秀樹的態度和言語背後所隱藏的。在那之前，除了焦急，什麼都不知道。

女諮商員遞過來一張表格。「請試著填填看。」有好幾個問題。

「『您孩子的好處』這裡，能想到的盡量寫上去。」

「『您孩子的興趣、喜好』，請寫上。」

「今天稱讚了您孩子什麼事？」

「『您孩子的夢想』，請寫上。」

「您想和您孩子試著一起做的事。請寫上。」

「您孩子的好處」這點，有多到二十個的回答欄。也就是要人家填寫自己孩子的二十個優點的意思。秀樹的優點？昭子只填了「有意想不到溫柔的一面」，然後就想不出來了。「這張表格請您拿著。」女諮商員這麼說。

「請影印這個。然後每週試著填寫一次表格，盡可能和您先生一起。父母如果沒給孩子肯定的話，那麼繭居者本人是得不到任何人肯定的。您所寫的回答『意想不到』，是指什麼呢？什麼時候感到溫柔呢？也請試著寫出來。」

昭子一邊點頭，一邊想著找找打工的機會。只要一個月能有幾萬的收入，就能請人來做家訪輔導。

中午到立川。

「今天別吃牛排。我做了安排，午休會有將近兩個小時。我們兜兜風，去吃深大寺的蕎麥麵。十二點五分，同樣那家餐館門口，開車去接妳。」

早上，這樣的信傳進來。在早期美國風的牛排館前面等，延江準時開著輕型卡車來接我。第一次看到延江的車。昭子穿著毛皮領子的深藍色針織套裝和同色系的風衣。套裝是去年買的，都沒穿過。卡車的客座，被木屑和塗料似的東西弄髒，昭子要坐進去前，「等一下。」延江這麼說，用面紙把位子擦了擦。

「我大概是第一次坐這種卡車。」

「對在大都市裡工作的木匠來說，鈴木的輕卡是最理想的車子，因為是四輪傳動的。」

在「甲州街道」等紅綠燈時，旁邊停了一輛保時捷。大小不輸鈴木的輕卡。客座上一個戴著太陽眼鏡的女性，和昭子眼神交接。

「延，你會想開那種車嗎？」

「會啊。」

「那麼，羨慕開那種車的人嗎？」

「羨慕啊。」

「可是，你有次不是說，不會和別人比不是嗎？」

剛認識時，延江曾經說過，「我不會和別人比來比去的。」那時在咖啡店，體育新聞報導參加大聯盟的鈴木一朗。「鈴木一朗比我小一歲呢。」延江說。「往上比永遠是不足的。」昭子原意是想安慰他。「不是這樣喔，」延江說，「我不是在拿鈴木一朗和我比喔。因為工作不同，不是一樣的人嘛。」雖然口氣一點也不嚴厲，但昭子卻覺得有點不愉快。昭子很羨慕孩子不是繭居族的同班同學，一直拿她們和自己比。人無論如何都會比較別人和自己的幸福程度之類的，不是嗎？認為自己就是自己，和別人本來就不同，沒什麼好比的，這種人是特別堅強的人吧。

「別人和自己，哪個比較幸福，就算比了也沒用。我會這麼想，大概是因為木匠的工作是自己選擇的。誰也沒有勸我那麼做，是我自己選擇的。所以我不會想要去變成鈴木一朗的。打棒球我也不懂嘛。」延江雖然這麼說過，但還是會羨慕開保時捷的人嗎？

「不和別人比誰比較幸福這件事，和羨慕開保時捷的人這件事，是兩回事不是嗎？我雖然羨慕開保時捷的人，但並不想變成那個人。」

延江是一貫的，昭子心想。延江喜歡作為木匠的自己，並沒有想要變成其他人。如果當初沒當成木匠會怎樣呢？昭子問說。那樣的事，想都沒想過。延江這麼回答。

吃著深大寺的山藥蕎麥麵時，昭子說，「你覺得怎樣？」把那位女諮商員給的表格拿給延江看。

「喔，也有這樣的東西啊！好像滿有趣的。只是我沒有『您孩子』，要怎麼回答呢？」

「就當作是你自己，回答看看吧。」

「這樣嗎？那麼，第一個是『請寫你的好處』是嗎？用鉋的天才、墨斗畫線又快又準、椽雕也比誰都拿手、接榫也一流。說不完呢。來看下一個，『請寫你的興趣、喜好』。蓋房子嘍。對我來講只有這個了。然後是……這個嗎？『請寫你的夢想』。就是成為日本第一的木匠嘍。世界第一是沒辦法啦，因為蓋房子的方法不一樣嘛。」

聽了延江的回答，昭子笑了起來。笑完後，覺得積壓在體內深處的東西消失不見，身體輕鬆多了。神代植物公園那邊傳來鳥鳴聲。只有自己和延江，周遭是秋葉轉紅的樹木。和延江在一起總是這樣。在這絕不是永遠的時光中，心裡想著，希望這一刻永遠繼續下去。

傍晚回到家。和下來吃飯的秀樹碰到面，昭子有罪惡感。因為直到打開玄關的門那一刻，都一直想著和延江的談話。「想和我做愛嗎？」吃完蕎麥麵後，昭子問說。延江差點把喝的茶噴出來。

「為什麼這麼說？」

「我可不是跟誰都這麼說的女人喔！」

「跟誰都這麼說的話，那就變態了喔。」

「不想回答的話，不回答也沒關係。」

「想做喔。」

「騙人。」

「男人不會和一個不想和她做愛的女人約會的。」

雖然高興，卻覺得像是在跟延江撒嬌似的。

「問奇怪的問題，對不起。」

「如果還要道歉，那就別問。」

「說的也是。」

「是這樣。我喜歡昭喔。也想做愛的。但不是因為想做愛，所以才這麼跟妳見面。我或許有點奇怪也說不一定，但和昭見面，就覺得像是神對我的稱讚：你今天也很勤快工作，和這麼一個漂亮的人在一起也可以喔。感覺像是這個地表和太陽的中間，有神在對我這麼說。」

自己只會這麼一直老下去。三十五、六歲時，開始這麼想。和秀吉從很久以前就沒有性愛了，這和覺得一直老下去的想法並沒關係。一方面是秀樹繭居之後，在家裡性愛的事變得不可能；另一方面，從二十歲時和秀吉認識以來，並沒有對秀吉抱有性的慾求。敬佩他是個認真的人，而並不是有過什麼熱戀。自己今後還會有什麼快樂的事呢？每次這麼想時，總會覺得不安，一想到秀樹和秀吉，就覺得快樂是不行的。家人在痛苦中，我不能一個人快樂著。延江把昭子送到立川站，吻了她的額頭說，「要哪天來做愛嗎？」

「為什麼這麼說呢？」

「是妳先提起的喔。」

說再見時，「要嗎？」延江在車裡又這麼問。「哪天吧！」昭子回答。這樣的談話一直在心裡反芻著，直到進了家門。然後走進廚房，看到原本以為人在二樓的秀樹正在看著冰箱裡頭，頓時有了罪惡感。「要吃什麼？」昭子問說，「媽媽做給你吃吧。」

「不用，沒關係。媽媽也忙。就吃個優格吧。」

秀樹從冰箱拿出盒裝的優格，坐桌邊開始吃了起來，同時讀著原本夾在腋下的書。以為他會拿到房間裡吃，昭子有點緊張起來。和延江會面的餘韻還殘留著，如果和秀樹面對面，心情平靜不下來。媽媽也忙。秀樹這麼說。是在擔心我嗎？

「媽媽沒特別在忙什麼喔。」

昭子說。秀樹穿的不是平常的運動服，而是牛仔褲、襯衫、開襟羊毛衫。

「是嗎？精神科醫師、諮商人員等等的，很累不是嗎？」

「雖然得花時間，但他們都很和氣，還滿輕鬆的。」

這樣嗎？秀樹喃喃說。抬起頭看著昭子，淡淡微笑著。你在看什麼書？秀樹給她看封面。上頭寫著「親密伴侶暴力」。

「有趣嗎？」

「不是有趣的書喔。」

秀樹這麼說後，露出像是在思考什麼的表情。

「老爸沒打過媽媽什麼的吧？」

「沒有喔。」

「對老婆施暴的，很多是大人物，是有地位的人。」

「是啊，你爸爸的確不是什麼大人物。」

昭子這麼說。秀樹笑出聲來。很久沒聽過秀樹笑出聲了，真的很久。「那我回房間了。」

「晚飯呢？再過一會，知美和爸爸都會回來了。光吃優格，肚子很快又會餓的。」

「半夜還會再吃一些。」秀樹這麼說，走上二樓。和秀樹說著說著，殘留心頭的延江的餘味，自然地消失。秀樹和平常不同，心平氣和的。知道我去竹村和家長會的諮商人員那裡的事，而擔心著我。如果父母痛苦、焦急，孩子敏感地覺察到後，會變得厭惡自己，然後把自己逼上絕境。這是竹村一開始就跟我說的。父母安穩、生氣勃勃的，孩子也會高興。

自己定期去竹村和家長會諮商人員那裡後，秀樹的確改變了一點點。定期到那邊諮詢這件事，傳達出我覺得秀樹很重要的訊息。以前也曾大聲對他說，難道不知道媽媽有多擔心你嗎？但只是大聲說「難道不知道我有多擔心嗎？」卻無法傳達給對方，實際上有多擔心。

秀樹剛才在看書。內容奇怪的書。一定是一個人去了書店。車站前的「BOOK OFF」那家書店，開到深夜。就算只是在半夜，但會一個人出去，到便利商店或影音店買東西，似乎也是好徵兆。笑出聲來、顯示對父母的擔心、一個人去買東西……雖然都是好徵兆，但這些以前也有過。

如果聽了十年或二十年的長期繭居族的家長所說的，有些事讓人不得不深思。十年間一步都不出家門的繭居族，其實很少。通常，在好徵兆持續下去後，他們會一再出去打工、就業。然後因為在職場的人際關係沒法處理好而受傷的情形很多。於是在那之後，繭居進一步長期化。即使是和父母、兄妹以及諮商人員也無法溝通的人，要在打工的地方做得好好的，並不容易。

秀樹還小時，一家人是住在花小金井的兩房公寓。雖然也帶秀樹到附近的公園，但那是痛苦的經驗。公園裡，十幾個常去的媽媽們在那裡，要和她們處得很好，實在很不容易。在那種社區的公園裡，長條凳的座位順序都決定好的，那裡有像大姊頭的人，如果她討厭妳的話，妳差不多也去不了公園了。剛好那時秀吉訂了要有自己房子的計畫，昭子因此也去一家小商行工作，秀樹被送到托兒所。如此才脫離了公園裡的媽媽世界。

繭居族常被認為是無法處理自己和別人的關係。但是，所謂和別人的關係，並不是只有一種。就昭子來說，和延江的關係，以及和公園那些媽媽們的關係，是完全不同種類的東西。和公園那些「媽媽世界」性質相同的團體到哪裡都有。昭子無法想像，秀樹能在那樣的團體中待得好好的。

知美回來，沒一會秀吉也回到家。兩人剛好成對比。知美不知道碰到什麼事，臉上閃爍著光芒，秀吉卻是悶悶不樂。看到因為工作而疲累的秀吉，是常有的事。但以前再怎麼累，也能感覺得到他的精神，最近卻不一樣。並不是累壞了，而是讓人覺得沒有元氣。

「還好嗎？工作上。」

不禁這麼問。「沒問題喔，總會有辦法的。」秀吉沒看著昭子的臉，這麼回答。看來公司情況相當糟糕，昭子心想。電視或報紙上，每天都有「結構改造」或不良債權徹底處理之類的話題。大概一個禮拜前，問說結構改造到底是什麼？「就是要弱者去死嘍！」秀吉回答說。

二樓的浴室傳來知美在洗澡的聲音。一直到國中一年級，知美都認可爸爸有使用浴室的優先權。爸爸先洗澡的事，是默認的規定。從四年前起，知美變成想洗的時候就洗。對那件事，昭子什麼也沒說。

「要洗澡嗎？不過知美正在洗。」

待會沒關係，秀吉這麼說，脫掉風衣和西裝外套，鬆鬆領帶，坐了下來。這個人為什麼會這麼虛弱呢？昭子心裡這麼想著，把風衣和外套拿到和室，掛在衣櫥裡。「馬上就可以吃飯了。」今晚做了秀吉喜歡吃的炸雞塊和麻婆豆腐。想和他談打工的事，「長谷川團隊諮商」給的表格也想拿給他看，但卻沒有這樣的氣氛。

知美洗完澡後，也幫忙準備晚餐。「要洗澡嗎？」這麼問秀吉，沒有吭聲，然後不耐煩的聲音說，「給我啤酒。」昭子知道秀吉是有事在生氣，不只是身心疲累而已。她直覺地感到，秀吉的尊嚴遭受威脅。人如果只是累的話，是不會發怒的。人在尊嚴受到威脅，也就是感受到活著有困難時，會怒上心頭。這是諮商人員教的。

炸雞塊盛盤端上桌。知美抓一塊放進嘴裡。「知美規矩很不好呢！」這麼訓她時，玄關的鈴聲響起。正在把通心粉沙拉盛進盤裡，所以看著秀吉，希望他出去看一下。但秀吉邊喝著啤酒，下巴朝玄關一點，表示「妳去看一下吧。」

反正是來收費用什麼的，用對講機講也麻煩。打開門一看，是對面的柴山。手上抱著像是運動服的東西。

「我是對面的柴山。搬來時，曾來跟你們打過招呼。」

這個男人搬家那次，來打招呼時，帶著洛夫・羅倫的浴巾來。昭子想起來。是想要表示自已是有錢人吧。一靠近，古龍水的味道濃烈。柴山留長髮，後面綁個髮髻。臉龐輪廓深邃，高高的身材。穿著質料看起來柔軟的皮上衣。打過招呼後，柴山開始談起秀樹的事。昭子感到腦袋有點發暈。

「秀樹怎麼了？」

「您兒子，我們家，怎麼說呢，在窺探吧。有一次好像半夜跑進我們院子裡。那時把這個忘在那裡，所以先拿回來還。」

柴山這麼說，把秀樹的運動服遞給昭子。秀樹繡有骷髏頭的運動服遞過來時，覺得彷彿像是收受了不幸的象徵。胃部那邊開始不規則地顫動起來，然後感覺那種緊張的顫動一下子擴散到全身。會不會是弄錯了？心裡雖然這麼想，卻說不出口。因為害怕如果把柴山搞火了，說不定會報警處理。

他太太精神不安。不認為秀樹有什麼惡意。柴山這麼說著。但昭子心裡慌得無法認真聽。這樣的事真希望是發生在秀吉不在家的時候，而不是現在。雖然不是能隱瞞的事，但透過自己來講和直接聽到柴山說，秀吉的反應會不一樣。柴山的聲音很清楚。窄小的房子，玄關到飯廳之間的距離不到三公尺。說的話應該全都聽得到。

抱著秀樹的運動服進來一看，秀吉的臉色大變。該怎麼跟他說這件事好，實在不知道。請別生氣。沒辦法這麼說。秀吉本來就不是很高興了。希望他能冷靜，但要怎麼說才好呢？昭子自己現在也不是冷靜的。

「是對面的柴山先生。」

「我聽到了。」

秀吉站起來，對著樓梯上方，用似乎連立燈都會晃動的聲音大喊一聲兒子的名字。知美嚇一跳，掩住耳朵。經過昭子前面，秀吉往二樓走。想抓秀吉的手阻止他，但身體沒動作。如果抓他的手，秀吉會連昭子都吼，會變得更生氣也說不定。走在樓梯上，秀吉又吼了一次兒子的名字。

「什麼事?!」

秀樹的聲音。已經阻止不了了。人的怒氣，要怎麼去平息才好呢？暴力就要發生了。昭子心想。腦袋一片混亂。秀吉和秀樹在爭吵。走！現在到柴山先生家，去道歉。叫你走！走啊！到現在為止，這種事已經發生過好幾次。那時是秀樹的暴力抑制了他的暴力。但要制止父親和兒子的暴力，並不容易。他打他太太喔！秀樹的聲音這麼說。「他」是誰呢？昭子心想。這麼說，秀樹在看《親密伴侶暴力》的書，是和這有關嗎？你是相信兒子還是相信別人?!秀樹的聲音說。要我相信你是嗎？嗯——？你有做什麼能讓我相信的嗎？嗯——？這一年半來，有做一件能讓我相信的事嗎？這樣的秀吉的聲音。兩人說的話，讓昭子覺得自己的皮膚像是被人用刀切割著。秀吉的身子出現在樓梯邊。身體搖搖晃晃。然後是秀樹出現，抓住秀吉脖子。別再打了！想這麼叫，但喉嚨好像哽住什麼，發不出聲音來。秀吉身體一歪，橫倒下去。聽到背後知美的尖叫聲。秀吉的身子側著摔下來，在樓梯翻一圈，跌落一樓地板上。沒有意識。「叫救護車！」對知美這麼喊。

或許察覺到了。從取景器窺看時，覺得好像一再和他視線相對。窗戶上的圓洞增加到四個。只有一個的話，沒辦法從各個角度拍攝到房間。到現在已經拍了三卷底片。1600的超高感度底片確實亮多了，但畫像粒子比較粗。而且80-250釐米的變焦鏡頭，只能拍攝人物的整個上半身。還有窗簾有時也拉上著。此外，看得到的只是房間的一部分，加上取景框裡的人物也常動著。粒子粗的超高感度底片要很清晰地拍出景物，有其限度。另外，光源在房間裡頭，變成逆光。而且要調到適當的快門速度和光圈，也不容易。

您拍的是什麼呢？沖洗店的人問。對面的人家，男的在打女的。「那叫親密伴侶暴力。」他這麼說。秀樹在回家的路上，到書店買了一本書名叫做《親密伴侶暴力》的書。書的一開頭，解釋了親密伴侶暴力是什麼：親密關係間發生的暴力。在夫婦或男女朋友那種親密關係中的暴力使用。施暴的男性，有很多在外頭是溫文有禮的，只有對妻子或女友才使用暴力。

然後是實際情況的描述：施暴的男人不只是拳打腳踢而已，有的會用刀子抵著女人喉嚨，會威脅說「我殺掉妳家裡的人」，會像強暴似地強行性交，有的男人會虐待或殺死女人養的寵物，譬如在女人面前，扯斷她寵愛的鸚哥的脖子，也有的會把女人一絲不掛趕到屋外。就像那晚對Yuki做的一樣。「Yuki，冷吧。反省了嗎？」丈夫或情人的暴力，似乎是週期性的。緊張積累的時期、暴力爆發的時期，然後所謂的蜜月期。施暴之後，男人會跪下謝罪、哭著道歉、送幾十萬元的珠寶、立下絕不再動粗的保證書等等。之後一陣子，會憐愛女人，這就是蜜月期。

接著，書上又說明親密伴侶暴力發生的原因。最後是親密伴侶暴力受害女性援助系統的說明。還說向警察或法院申訴時，如果有照片會比較有利。有可能作為證據的包括暴力發生時凌亂的房間情景、被破壞的家具、遭受暴力受傷的照片等等。「親密伴侶暴力主要發生在私人房間裡，第三者很少有機會目擊到。」書上這麼寫。秀樹心想，我目擊到了。

這些相片能作為證據嗎？秀樹看著4×6吋的相片。照到那傢伙和Yuki在一起的，只有四張。一張是背面的Yuki，穿著像睡衣的衣服，那傢伙正追著她。因為鏡頭晃動，他的臉顯得模糊，但綁著男人髮髻，應該看得出是柴山吧。但相片只照到Yuki的背影，而且也沒明確顯示是在施暴。第二張是正面的Yuki，喊叫著的樣子。因為逆光，影像模糊，不過是正面照，看得出是Yuki。但臉上並沒流血，是不是遭受暴力，也很難確定。

另一張是那傢伙舉起手來，臉很模糊。是不是在打人，也看不出來。照到Yuki的部分，只是她的頭髮而已。最後一張照到的是Yuki的胸部，那傢伙就在她身後，手放在她肩上。Yuki像是要逃開的樣子。但整張相片畢竟還是模糊，粒子也粗，對第三者來說，恐怕也難以瞭解情況。四張相片都是上星期三照的。

因為半夜在柴山的院子裡看到Yuki，所以增加看取景器的時間。窗簾沒拉上，又有燈光時，有時會一整晚都在看。這一個月來，有三次看到Yuki被打。不過，看得到的只是二樓一間房間的一部分而已，所以Yuki實際上有可能更常被打也說不定。秀樹想救這個叫Yuki的女人。Yuki向我求助過。那時發紫的手指顫抖著，一握她的手，她也用力反握。細瘦的手指。生平第一次觸摸到那麼冰冷的手指。Yuki的乳峰。月光下看到的Yuki的小腿肚和臀部的線條。從那時起，對秀樹來說，那是Yuki的全部。

書中的一部分是在談新訂立的「配偶暴力防治法」。但法律用語和行文措辭不容易瞭解，許多內容讀了很多遍還是看不懂。第四章是有關保護令的：

「被害者更進一步因配偶之暴力，生命或身體上恐有遭受重大危害時，法院依據被害者之聲請，為防止其生命或身體遭受危害，對該配偶做出下述各點所揭示事項之命令。」

保護令核發後，那傢伙變成六個月內不能接近Yuki，並且在兩個禮拜內得搬出現在的住家。秀樹記下東京都政府配偶暴力諮商窗口的婦女中心、民間諮商窗口的電話號碼。法律條文的第六條寫著：「若發現有人遭受配偶暴力，發現者須為此宗旨盡力，通報配偶暴力諮商援助中心或警方。」

但沒有打電話給警察的勇氣。警察說不定會盤問自己侵入柴山院子的事。你是誰？你是在什麼情況下目擊到暴力？援助中心的人或警察一定會這麼問吧。我是繭居族，整天用相機從窗戶的洞窺看那個人家。這樣的事沒辦法說。

看著取景器，秀樹腦海一直浮現某種光景。把柴山趕走，救出Yuki。Yuki用力握著秀樹的手。在秀樹身邊，就是Yuki的胸部，和緊繃的裙子、絲襪裹住的小腿肚和臀部的線條。兩人的手緊緊握著，看起來非常親密。Yuki向秀樹道謝。Yuki冰冷的手指，在秀樹的手中，漸漸暖和了起來。

秀樹不是穿著運動服，而是牛仔褲和襯衫。底片不夠了，得去買。傍晚時，和從精神醫師那邊回來的媽媽稍微講了點話。定期到精神醫師和諮商人員那裡的媽媽改變了。什麼、怎麼改變了，不知道，但覺得她變堅強了，然後也變遙遠了。她說見了精神醫師就覺得心裡輕鬆些。像以前那樣，「所以你也一起去」之類的話，也不會再說了。以前，媽媽受不了去精神醫師那裡，媽媽是覺得羞恥吧，討厭被精神醫師問東問西吧。自己是這麼想的。

「今天，醫生說，不能認為繭居者是散漫、懶惰的。父母必須理解到，繭居者本人是最痛苦的。」

大約半年前，從精神科醫師那裡回來的媽媽這麼說。那時，秀樹體驗到一種感覺，彷彿黏在頭殼裡的一塊鉛板慢慢熔化、逐漸消失。「是嗎？」雖然態度生硬地這麼回答，但高興得在房裡偷偷哭泣。之後也好多次這樣，於是秀樹變成認同了媽媽去精神醫師和諮商人員那裡的事。認同的那一刻，產生出對媽媽感謝的心情。就像是找到被藏起來的鏡子那一刻，也注意到映照在鏡子裡的自己。是那樣的感覺。

從樓下飄來中華料理的味道。老爸回來了嗎？剛才在浴室旁和知美擦身而過。反覆讀了《親密伴侶暴力》的書後，瞭解到所有女性都會有遭受丈夫或男友暴力的危險。不是特定的女性而已。「妳有被男朋友打過嗎？」這麼問了知美。「沒有啊。」知美回答，一副覺得問了奇怪事情的表情。

玄關好像響起鈴聲。有客人嗎？對面那家，從傍晚起就一直是拉上窗簾的。厚布料的淡綠色窗簾，複雜圖案的花邊。不過以前有時也會突然拉開窗簾。有一次窗簾一拉開，Yuki和那傢伙就出現。不常常看著取景器，就沒辦法捕捉到那一刻。大致覆蓋框格左側的樹葉掉落了。每天快接近黎明時，鳥會飛降下來棲在樹枝上，清理著羽毛。有時也會兩隻鳥棲在樹枝上，互啄對方的羽毛。鳥在破曉前的清新空氣中，看起來像剪影。Yuki這名字怎麼寫呢？秀樹想像了各式各樣的漢字組合。有紀、雪、由紀、有希、由貴、友記、夕喜、幸、由希。感覺每個漢字都適合她。

一邊看著取景器，同時稍微調整著焦距時，忽然聽到爸爸大聲叫「秀樹！」好像來自地底的聲音，嚇了一大跳，手一晃動，相機差點倒地。那聲音把Yuki的影像全都抹滅。心跳得很厲害。是要叫我一起吃飯嗎？這件事不是已經搞定了嗎？或許先把相機收起來比較好。正要移開三腳架和相機時，門口又是很大一聲的「秀樹！」不是晚飯的事，秀樹心想，是發生了更不好的事。

「什麼事?!」

把相機移開窗邊，打開門。爸爸臉紅脖子粗，喘著大氣，啤酒的臭味。

「你在偷窺對面柴山先生的家嗎？半夜跑進人家院子裡嗎？」

接下來的話沒聽清楚。心臟突然激烈怦跳，壓迫了耳朵。犯罪。警察來抓。爸爸這麼嚷嚷著。爸爸的話，像是從自己身體裡頭傳出來，生起一種厭惡感。爸爸像機器人似地，只是嘴巴一張一合而已。聽到的話，在秀樹身體裡頭強烈迴響著，感到奇怪、可怕。「你在講什麼！你根本什麼都不知道！」覺得不像是自己的聲音。

「柴山先生剛剛來過，都聽他說了。」

那聲音從遠處傳來，在秀樹的腦海裡頭一再迴響著。憤怒和害怕使現實感消失。警察來抓。爸爸靠過來想抓我的手。

「走！現在到柴山先生家，去道歉。叫你走！走啊！」

要帶我去他家。別開玩笑了！感覺變遲鈍。腦袋裡有聲音響著，但不是現實的聲音。肩膀好像壓著重石。手臂也變得沉重。爸爸的手碰到襯衫。別碰我！別帶我去柴山家。變得沉重的自己，慢動作似地，手慢慢伸向爸爸，想抓住他的領帶。好像被誰操縱著。「他打他太太喔！」柴山是跟這傢伙說了什麼？這傢伙並不知道對女人施暴的人是會說謊的。「你是相信兒子還是相信別人?!」自己的手抓住爸爸的領帶。覺得真正的自己好像站在別的地方看著這樣的情景。

「要我相信你是嗎？嗯——？你有做什麼能讓我相信的嗎？嗯——？這一年半來，有做一件能讓我相信的事嗎？」

父親漲紅著臉喊叫著。聲音慢半拍傳來。爸爸想扯掉抓住領帶的手。爸爸的手指有氣無力。放手！沒出聲音這樣喊著。覺得想哭出來。襯衫領口被抓著。爸爸右手往上揮。嘴唇好像被打到。把領帶扯過來，用膝蓋撞腹部。爸爸像是要跌坐地上。秀樹放開領帶，爸爸的臉往遠處退，用腳底踢過去。爸爸側著臉跌下去，從視線消失。知美的哀叫聲傳來，現實感恢復。爸爸趴在樓梯下面。樓梯的木板帶有血跡。

第四章

二〇〇一年十一月×日・晚上到深夜

家庭又是如何呢？
要是能理想守護住家庭的話，
自己現在會是在哪裡？又是在做什麼呢？
理想的家庭這東西，是自己無法想像的……

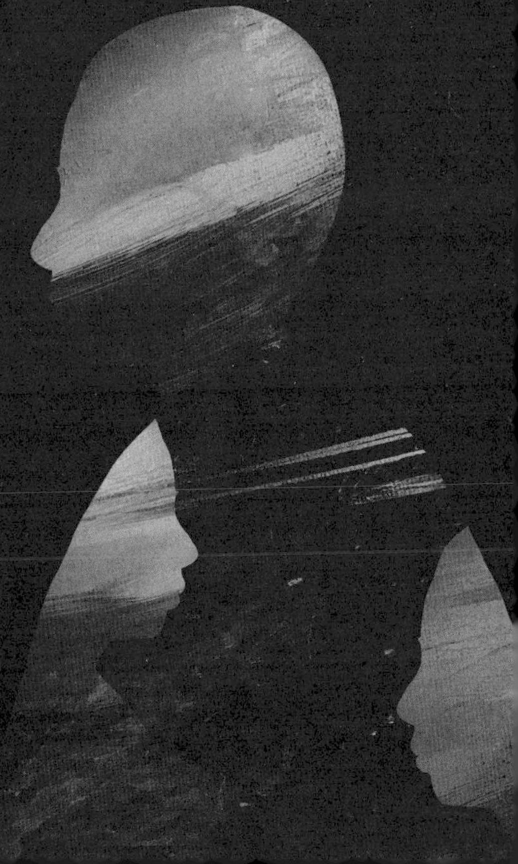

老爸會死嗎？媽媽和知美也搭上救護車。我原本也要去，但媽媽說不行。「留在家裡看家。」她這麼說。「是怎麼了？」急救醫院來的人問說。「從樓梯跌下來。」媽媽說。沒有懷疑。不過遲早會變成罪行。爸爸死的話，就是殺人罪了。救護車開走時，鄰居圍觀著。柴山也站在玄關那邊看著父親被擔架抬走的情形。沒有Yuki的身影。秀樹隱身避開，沒讓柴山看到。柴山也沒往秀樹這邊看。

秀樹

一直打知美的手機，但沒接。媽媽沒有手機。有辦法跟爸爸道歉嗎？朝失去平衡往後倒的人的臉踢下去，是很嚴重的事。一定得不到原諒吧。但想要跪下叩首謝罪。這麼想時，覺察到自己和親密伴侶暴力中施暴的男人是一樣的。男人在又踢又打之後，邊流著眼淚邊道歉。跪下叩首，寫下絕不再施暴的保證書。

打開書，再讀一次談論親密伴侶暴力的本質那一章。男人施暴是在自己處於不利情況時。書中這麼寫。還有，自己的意見得不到理解時、謊話要穿幫時、自己被指責不好而要掩飾時。我和柴山是一樣的。秀樹這麼想。要救Yuki什麼的，是毫無道理的錯誤想法。我和柴山是同一類的人。我能變成和他不一樣嗎？

想要撕破照到Yuki正面的那張照片。等下也把底片燒掉。Yuki的嘴張開，像是要叫出聲音的照片。右手要保護臉的樣子。想到踢了爸爸的臉，身體虛脫無力，想說死了算了。不過同時又想到，現在把這張照片撕破扔掉，也改變不了什麼了。撕破照片扔掉，也不能變成不同的人。撕破照片，和暴力是一樣的。只是掩飾自己的不好而已。

手機響了，是知美打來的。

「哥哥？」

「老爸呢？」

「現在在檢查腦部。」

「會怎樣嗎？」

「另外就是腳扭傷，沒有骨折。啊，媽媽要跟你說。」

「喂，秀樹。」

「媽媽，我會去自首的。我應該被判死刑比較好。」

想到想跟老爸和大家道歉，眼淚就流了出來。

「你在說什麼？你爸爸沒怎樣！內臟也沒出血。因為頭撞得稍微嚴重些，現在在做核磁共振，用磁力檢查腦部。」

「是在哪家醫院，我也過去。」

「不行喔！不是跟你說待在家裡看家嗎？因為家裡只有你一個人。」

「門鎖上不就好了嗎？我想跟爸爸道歉，所以想去醫院。告訴我是哪家醫院嘛！」

哭泣的聲音這麼說。「振作點！」媽媽聲音變大。秀樹嚇了一跳。

「秀樹，你爸爸今天大概回不了家了。我們也還會在這裡待一陣子，所以就麻煩你看家。知道嗎？」

知道了。秀樹說。

昭子

秀吉被擔架抬出去時，在玄關前看到柴山。恨上心頭。都是這男人害的，昭子心想。「他打他太太喔！」秀樹那麼說。秀樹看到了什麼呢？這麼說來，平常幾乎看不到柴山的太太。搬家時來打招呼，也沒看到她。只有偶爾看到她和柴山坐車一起出門。身材看來瘦瘦小小的。

在救護車裡，秀吉恢復意識，抱怨說，「幹嘛搞得像發生什麼大事一樣！」又對醫護人員說，已經沒關係了，就想坐起來。「頭別動！」醫護人員按住他肩膀說。

所沢郊區的市立醫院。外傷的治療結束。腳踝扭傷紅腫、額頭受傷，然後一些撞傷，是側身摔下去的，運氣比較好。負責治療的醫師叫昭子過去，說頭的側部和腰部有較嚴重的撞傷，所以得做精密的檢查，內臟的超音波和腦部的核磁共振檢查。「健保不支付，所以請準備十萬元。」醫師這麼說。昭子到附近找了有提款機的便利商店，領了十萬塊。告訴秀吉有超音波和核磁共振的精密檢查後，他馬上問說多少錢。雖然昭子一直叫他別擔心，但他還是想知道得花多少錢。一聽說是十萬塊，「那麼多的錢能花嗎？」當場就發起脾氣，也不管醫師在不在場。這個人怎麼變得什麼是最重要的都不知道？昭子心想。「如果腦部有傷的話，不馬上動手術，可是會死喔！」這麼一說，秀吉一臉不高興的表情走向檢查室。

用知美的手機和秀樹說話。秀樹話講一半哭了起來。「對您先生的暴力如果太厲害的話，或許他離開家裡比較好。」竹村這麼說過。秀吉回家後，秀樹會哭著向他道歉吧。秀吉也會原諒秀樹吧。眼前似乎看得到這樣的情景。兩人邊流著眼淚邊和好，彼此互相理解。這是在昭子和秀樹之間，反覆發生好幾十次的事。兒子會覺得，做了這麼嚴重的事，還能得到原諒，爸爸是把自己看得很重要的，會如此感動。爸爸這一方也同樣會感動，覺得兒子畢竟還是需要自己的。

這種和好的感動，在小說、漫畫、電視劇裡常運用到。打了一架後，雙方和解，互相感動。這個，大致是最後的一幕。電視劇沒辦法描述和解之後的事。但暴力一定會再發生的。暴力之後的和解感動不會持久。為了再次和好感動，下一次的暴力變成必要。昭子想起竹村的話。在雙方能互相保持適當距離前，暴力是不會停止的。

秀吉得離開家裡，昭子心裡這麼想。問負責治療的醫師，能不能讓他住院？內臟沒受傷，腦部也沒發現異常，回家沒關係的，醫師這麼說。其實，我先生的傷是我兒子的暴力造成的，今天不想讓他回家，昭子明白說。但是空病床很少，這樣的理由，是沒辦法允許入院的，醫師拒絕了。

醫師對腦部磁振檢查結果做了說明。沒有跌撞的受傷，但腦動脈發現小血瘤。「應該是工作壓力大，請多注意。」醫師這麼說。昭子和頭上包了繃帶的秀吉在醫院大廳說話。扭傷的腳踝敷上濕藥布之外，還裹上繃帶，秀吉沒辦法穿鞋。醫院借給他塑膠拖鞋。知美在稍遠處，望著這邊。

「和秀樹講了電話，那孩子哭著道歉了。」

「喔。」

「還有，我覺得你暫時離開家裡比較好。能住院是最好，但現在沒有病床。」

「住院？妳在講什麼話！我現在如果住院……」

秀吉漲紅臉。要怎麼說他才能瞭解呢？昭子正思索著語句時，秀吉說，我離開自己的家是嗎？

「繭居的兒子待在家裡，然後買那個家、繳貸款的我要離開那裡是嗎？反正精神醫師或諮商人員那夥人是這麼說的是吧。那些人又沒和秀樹見過面，對秀樹知道什麼？他是我兒子，不是精神醫師的兒子。」

「正因為是自己的兒子，所以對他不瞭解，這種情況不也有嗎？」

這麼一說，秀吉沉默了。這一年半，你和秀樹說過幾次話呢？想跟秀吉這麼說，但看到他的臉色，沒說出口。秀吉低著頭，嘆了一口大氣。

「確實是不瞭解啊！」

低著頭，那麼說。清潔工人和警衛出現在大廳。「已經要關門了。」警衛這麼說。鐘指著九點半。秀吉凝視了一會用電動拖把清潔地板的工人和檢查門有沒鎖好的警衛。

昭子讓秀吉搭著肩膀，走向出口。外頭很冷喔，知美說。秀吉只穿著襯衫。救護車來的時候，慌亂得忘了幫他帶外套。

「我們走吧。」

在等計程車的地方，秀吉冷得發抖。知美想把自己的外套給他穿。「妳自己要感冒嗎？」這麼說，拒絕了。

「我去哪裡好呢？」在計程車裡，秀吉這麼問。

「到八王子的姊姊家怎樣？」

「拜託喔！要跟她說因為被兒子打，所以要借住是嗎？她最小的孩子正在準備入學考試呢。而且是市營公寓，比我們家還小喔。」

昭子不知該說什麼。爸爸要搬出去嗎？坐司機旁的知美回頭問說。

「是覺得這樣比較好，不過這麼一來，家裡會冷清的。」昭子說。

嗯——。知美點了好幾次頭，然後又轉身過去。

「去住所沢的商務旅館好了。司機先生，請開到所沢站北出口的愛麗爾旅館。知道在哪裡嗎？」

「北出口是吧。我先往那邊開，到了附近請再跟我說。」中年司機，穩健的口氣這麼說。

「以前電車罷工時住過。和公司有簽約，如果有空房的話應該能住。然後妳們再搭電車回去就可以了。」

「好。」昭子說。

「不過，明天不能休息。能不能幫我把換洗的衣服、公事包、放桌上的手機拿來。另外還要一雙鞋子，總不能穿這雙拖鞋到公司。」

穿球鞋，帶子拿掉就行了。知美這麼說。

旅館有空房。確定秀吉能住下後，昭子和知美一起搭電車回家。昭子待會還得拿秀吉的東西來。一和秀吉分手搭上電車，知美的話突然就多了起來。

「肚子餓了。」

「麻婆豆腐那些，再熱過吃了吧。」

「爸爸搬出去，是好主意。」

「妳哥哥雖然道歉了，但妳爸爸在家的話，遲早又會發生同樣的事。」

「不過，哥哥有點改變了呢。」

「妳這麼覺得？」

「是啊，雖然說不上來是哪裡改變了。對門家的那個人，打老婆是嗎？是這樣嗎？」

「嗯，不清楚。不過媽媽很討厭那個人。」

「我也討厭。那種年紀，還去日光沙龍、綁髮髻幹嘛的，真是秀逗！不過，哥哥有跑進人家院子裡嗎？」

「說是運動服掉在那邊，所以應該是有吧。」

「還真有勇氣呢，明明連便利商店都去不了。」

「哪裡都不去會讓人擔心，但跑進人家院子也是會讓人擔心。」

對於秀樹跑進人家院子這件事，竹村會怎麼說呢？從社會隱蔽的兒子，半夜侵入別人院子裡，對做母親的來說，是該高興還是該悲傷呢？孩子不管是什麼情況，做父母的總是會擔心。

昭子想起自己母親的事。

「以前，妳板橋的外婆，曾擔心我是不是對男人沒興趣。短大畢業後，認識了妳爸爸，跟妳外婆說了，她又擔心我是不是被壞男人騙了。想說妳爸爸那樣的人，帶他去家裡的話，一看就知道是個認真的人。結果這次變成開始擔心我太嬌生慣養，結了婚會不會很快就離婚。」

「怎麼這樣！做父母的會一直擔心孩子嗎？」

「知美要是有了小孩，就會明白的喔。」

「那我不要！要是像哥哥那樣的話，那就麻煩了，豈不是得擔心個沒完沒了！」

「不是只有這樣的。」

孩子也會帶給父母喜悅。但這要怎麼跟知美解釋呢？譬如說，只是這樣和知美一起搭著電車，昭子就覺得高興，但這要怎麼向她形容呢？秀樹開始會走路那天的事，還記得一清二楚。那時心裡很高興。嬰孩和幼兒時的秀樹或知美，臉蛋、手腳的柔軟觸感，讓人難忘。觸摸那樣的臉蛋、手腳，想到這是自己的孩子，光那樣就很高興。小時候的秀樹和知美在房裡一起玩，笑聲傳來，覺得心裡都被逗樂了，比聽到什麼音樂都心情更好。但這樣的事，怎麼向才快要十八歲的女兒形容呢？昭子找不到言詞。心情既不是感謝，也不是想被感謝。

「那麼，我要變成怎樣，媽媽才不會擔心呢？上了大學後，就不擔心？」

「不擔心是不可能的喔。交通事故什麼的，會擔心的事很多不是嗎？」

「那麼，我變成怎樣的時候，擔心的程度會最小？上了大學就可以嗎？還是結婚以後？」

上了大學後，擔心也不會結束吧。沒有考上志願學校的秀樹，大學休學，繭居了起來。就算進了志願的好大學，在盡是優秀的同學中，說不定也會失去自信。結婚呢？是和可信賴的男人結婚嗎？可信賴的男人是什麼樣的男人呢？製藥公司的小開，在大廣告公司上班，搬家來打招呼時，分送鄰居洛夫．羅倫浴巾的人，是可信賴的男人嗎？結婚了說不定也會離婚，看似可信賴的人說不定也會打老婆。知美看著自己這邊，淡淡微笑著。昭子想起傍晚，只有自己和秀樹，兩人笑在一起的事情。

「媽媽呢，想看知美快樂地笑著的樣子。」

聽到這樣，知美說，謝謝媽媽！

「不過，媽媽知道我什麼時候、為什麼覺得快樂嗎？不知道吧。」

這麼說，表情淘氣地看著昭子。不知道。知美小時候，看電視卡通、玩遊戲、和朋友說話時，就能聽到她快樂的笑聲。十八歲的女兒，什麼時候、什麼情況，會快樂地笑呢？昭子突然想到延江。延江好像什麼時候看起來都快快樂樂的。為什麼延江總是看起來快快樂樂、精神十足的樣子？

「妳告訴我嘍。」

昭子這麼說。

「現在的知美，做什麼的時候最快樂呢？」

「這是現在開始要尋找的。」

知美這麼說。

把菜熱過，吃完飯後，把球鞋、替換衣服、盥洗用具放進大手提袋裡。回來時，秀樹馬上從樓上下來，問了秀吉的情況。跟他說精密儀器檢查後，也沒發現什麼異常，他放心了。

「不過，為了慎重起見，今晚讓他住院。」

把附有磨豆機的咖啡壺和咖啡豆用報紙包好，也放進手提袋裡。咖啡是秀吉唯一的享受。咖啡杯也需要吧。秀吉喜歡的咖啡杯有幾組。選了「皇家哥本哈根」裡頭看起來不容易破的。用報紙包的時候，思考著，杯子只有一個夠嗎？當然用不著帶六人組的。秀吉此後變成一個人喝咖啡了吧。但只拿一個杯子，覺得像是象徵秀吉搬出去了，覺得就像是自己把秀吉趕出去了。

昭子把兩個杯子放進袋子裡。注意不弄破地把杯子和咖啡壺放進袋子裡時，秀樹表情訝異地問說：

「妳在幹什麼？」

「你爸爸今晚待醫院，所以打包他的東西。」

「這我知道，可是需要咖啡壺嗎？不是只有今晚嗎？要咖啡壺幹嘛？」

遲早會知道的。還是現在跟秀樹說了比較好。

「秀樹，好好聽我說。你爸爸暫時搬出去了，不是因為討厭這個家或怕你、恨你。你爸爸也說原諒你了，我想他等下會打電話來。不過，在你不停止暴力之前，你爸爸不會回來了。」

「誰決定的？」

秀樹拉高聲音。

「是你爸爸，媽媽和知美也都贊成。」

秀樹臉色大變。事情不稱自己心意時，就會生氣。然後有東西會從身體裡散發出來，像汽油味道的東西，那東西很快會點燃而變成暴力。

「那有沒有想到我的心情？怎麼都沒關係嗎？」

知道飄散的東西已經點燃了。秀樹大嚷出聲。

「今天晚上，老爸根本不肯聽我說，不是嗎？老爸可是要把我拉到柴山家的喔！我說的他根本不肯聽，難道不是這樣嗎？」

秀吉沒回來是對的。老爸根本不肯聽我說，不是嗎？老爸可是要把我拉到柴山家的喔！秀樹遲早會對秀吉這麼說吧。流著眼淚和好後，這樣的情形遲早又會發生。

「妳說話呀！混蛋！」

昭子沉默不語。忽然，秀樹一腳踢向和室的拉門。低沉的一聲，拉門破了一個洞。秀樹嘴唇和肩膀輕輕顫抖著。

「秀樹，別亂來！」

昭子正面看著秀樹。不能逃開，她心想。秀樹瞪著昭子，一副要打過去的樣子。你要施暴的話，我也離家出走喔！準備好這麼說，昭子目光和秀樹相對。要是避開衝突想逃開的話，秀樹會追打過來。緊急時，我也可以去住那個商業旅館。昭子下了這樣的決心，目光沒有避開。過一會，秀樹垂下視線。

「我就不懂老爸為什麼得搬出去。好吧，我把他的東西拿過去。讓我拿過去喔！老爸現在在哪裡嘛！」

「我不是說了嗎，你爸爸等下應該會自己打電話來。你爸爸在哪裡，我不能告訴你。」

不能告訴你在哪裡。聽到這樣的話，秀樹喪氣地肩膀一垮，一副要哭出來的樣子。

「好吧，我知道了。」

用幾乎聽不到的聲音這麼喃喃說，秀樹走回自己的房間。看著走向二樓的秀樹，一股莫名的淒寂襲向昭子。和秀樹之間距離更大了，她心裡想。和兒子越行越遠，如此的感覺。

快十二點時來到旅館。大廳中，是風幡似的和風大燈籠的照明。另外也貼著所沢市的地圖和「早餐到九點，謝謝！」的紙條。在大廳打電話給秀吉，「上來房間吧。」他這麼說。要搭電梯時，櫃檯的中年男子無禮地直盯著看。秀吉換成浴衣，坐在床上。不規則的細長房間裡，小桌子和椅子擺在窗邊，電視架在牆上。暖氣太強，一下子就流汗。昭子脫掉風衣，把從紙袋拿出來的外套，一起掛在衣櫥裡。

「咖啡壺也帶來了。」

昭子找著放提袋的地方。桌子太小，不能放上面，衣櫥也太小。先放這裡吧。秀吉示意床上。然後秀吉拿出咖啡用具，從冰箱拿出礦泉水，把咖啡壺放桌上，開始磨起咖啡豆。窄小的房間，滿是咖啡的氣味，昭子覺得喘不過氣來。

「拿咖啡壺來，表示我大概回不了家了。能不能幫我把杯子洗一下。」

浴室地板比較高，昭子差點絆一跤。組合式預製浴室，洗臉槽很小，不好用。水會濺出來，裙子弄得有點濕。毛巾質料脆薄，擦不乾淨杯子上的水。

「這樣的房間，也要五千五百元喔。不可能一直待這裡。我什麼時候可以回家呢？」

「等秀樹的態度改變後。」昭子這麼說，把杯子遞過去。

「態度改變後，是指怎樣？」

把秀樹之前在家裡說的話告訴秀吉。今天晚上，老爸根本不肯聽我說，不是嗎？老爸可是要把我拉到柴山家的喔！我說的他根本不肯聽，難道不是這樣嗎？等秀樹都不會說這樣的話之後。

「那麼到底是一個禮拜還是十天？妳那樣說我怎麼知道？」

我想大概三個月左右。昭子這麼一說，秀吉差點把壺裡的咖啡濺出來。想讓腳踝舒服些，他換了個坐姿。三個月嗎？一邊這麼喃喃念著，一邊把咖啡倒進昭子手上的兩個杯子。把壺放回桌上，接過昭子遞來的杯子。因為暖氣和咖啡的熱氣，窗戶玻璃結了水珠。椅子、床、牆壁幾乎靠在一起，沒什麼間隙。要把椅子轉個方向，都得抬起來才行。昭子把咖啡壺放地板上，抬起椅子，轉個一百八十度。

「這樣的話，得租個房間。後天星期六去找怎麼樣？不好意思，能不能撥出時間？」

「當然嘍。」昭子說。

然後叫秀吉直接打電話給秀樹。因為竹村說過，「您先生搬出家裡的話，請一定要當天打電話給您兒子。」

「秀樹，是我。嗯，沒怎樣喔。我想你媽已經跟你說了，我暫時搬出家裡一陣子。」

秀樹的聲音有點模糊，聽不清楚在講什麼。

「不是在責怪秀樹喔，不過我已經受不了暴力了，所以暫時住外面，這樣而已。」

秀吉把手機拿近昭子耳邊，讓她聽秀樹的聲音。「你說那什麼話。根本就是擅作主張。為什麼不聽聽我要說的。是無所謂嗎？我的事無關緊要對吧。你有認真聽過我說的嗎？老爸總是擅作主張，我說什麼根本就不想聽不是嗎？」秀樹大聲說。「不要管他，把電話切掉。」昭子小聲對秀吉說。

「秀樹，抱歉。我得休息了。就這樣了。」

切掉電話後，秀吉說，真的就像妳講的。

「要是回家的話，馬上又會吵起來。」

秀吉的手機馬上就響起。一遍又一遍。是秀樹，秀吉喃喃說。不要接喔，昭子說。「我知道了！」秀吉這麼說，把手機關掉。秀吉似乎忘了秀樹說的柴山的事。沒那種心情，昭子想。並不是不關心柴山有沒有打妻子。是因為現在沒那種心情。因為怕會多花錢，連腦部的檢查都不想做。五千五百元的旅館費，也在意著。收入確實比前幾年少一半。兩個定存也取消，存款只剩一半。秀吉沒那種心情，是因為經濟情況困難嗎？只是這個原因嗎？昭子思考著。

「看，下雪了！」

窗外白色的東西飄著。來得早的初雪。

「是秀樹還在念小學的時候吧。也正好是這時候降下初雪，我不知怎麼就唱起那首〈降雪的城市〉。妳知道嗎？那首歌，〈降雪的城市〉。」

知道，昭子回答。

「那首歌是怪歌。中間在奇怪的地方轉調。奇怪的歌，秀樹說。那大概是他第一次看到我唱歌的樣子，覺得很好玩，結果要我唱了五、六遍。」

昭子沒看過秀吉唱歌的樣子。想著〈降雪的城市〉那首歌，但歌詞和旋律都想不起來。兩人望著窗外的雪，看了一會。

要回去時，秀吉問存款還剩多少？九月做過車檢，所以還剩四百萬多一些。聽到這麼回答後，秀吉喃喃說，車檢是嗎？昭子原本想跟他談打工的事，但看看已經過十二點了，心想下次再說吧。

秀吉

別回家比較好。昭子這麼說時，心想昭子也許是對的，但又想，這樣怎麼可以。昭子說，秀樹反省過，想要道歉。想當著秀樹的面跟他說，我沒怎樣喔。心想，至少今晚可以和秀樹說說話。

「正因為是自己的兒子，所以對他不瞭解，這種情況不也有嗎？」

被昭子這麼一說，整個人洩了氣。為什麼我得離開家裡呢？完全無法理解。繭居、騷擾對面人家的兒子，待在家裡，既不工作，還過著想怎樣就怎樣的生活。而每天特地走到火車站，買便宜的外國米便當，儲存年終獎金當作房貸的我，卻得離開家裡。隨便跟公司哪個人說，也會覺得不可思議吧。

不過確實像昭子說的，自己對秀樹是不瞭解。這一年半來，也沒正經說過話。的確是不瞭解啊。跟昭子這麼說時，醫院的警衛和清潔工出現在大廳裡。燈光的關係，臉看得不是很清楚，但體型都差不多。年紀大概五十來歲吧，或許更年輕，四十七、八歲也說不定。已經是十年前的事了，和公司的部下喝著酒時，談到在高速公路收費站工作的中年男子們，一個個臉都長得差不多。「內山先生，是這樣的喔，整天一起做同樣工作的人，會變得連臉都一樣。」是立花還是誰這麼說，大家都笑了。如果被裁員後，工作沒得挑，我也會變成那樣的臉。這麼想，看著清潔工和警衛的臉，胃變得不舒服了起來。

「爸爸要搬出去嗎？」

坐司機旁的知美回頭問說。是覺得這樣比較好，不過這麼一來，家裡會冷清的。昭子這麼說時，秀吉心裡怦怦跳，心想知美會說，「不會喔。」至少轉過頭來的知美，臉上絲毫沒有會覺得冷清的樣子。秀吉的家人全體一起吃飯的規矩，最先打破的就是知美，「因為肚子餓了嘛！」秀吉也沒辦法說什麼。

昭子說，秀樹的暴力是幼兒的撒嬌。這能理解。今晚和秀樹吵架時，感覺他就像個撒嬌的孩子。那一定也是在撒嬌吧。孩子對自己撒嬌，父母是會高興的。知美上了國中後，就幾乎不會再撒嬌了。和知美之間明顯感到有了距離，但和秀樹沒有。

腦部和內臟的檢查要十萬多塊，嚇了一跳。公司的住院體檢，也沒做過這麼貴的檢查。保險沒有用，不給付。從醫院到旅館，計程車花了三千多塊。旅館費也是，加上稅、服務費的話，三晚要兩萬多吧。至少得住到後天星期六。然後還得租個房間。假如知美要上津田塾或上智的話，家計像現在這樣，已經是大幅入不敷出了，就算節省，不超過現在的支出，也付不了四年的學費。但精神科醫師和諮商人員那方面的錢不能省。

腦部和內臟的檢查費用、旅館費，還有租房子的押金和租金，秀吉算了一遍又一遍。雖然已經改喝次一級的咖啡，但這樣的節省根本不夠。同輩裡頭，也有人到麥當勞時，不叫飲料的。這一年來，出外勤時也不去咖啡館了。飲料別再從自動販賣機買吧，把咖啡裝保溫瓶帶著。這樣的話，一天可以省兩百四十元，但這樣也不夠付房租吧。

秀吉躺在床上，想著和昭子說的話，還有打電話給秀樹的事。

「秀樹嗎？是我。」

「爸爸，還好嗎？」

「嗯，沒怎樣喔。」

「不過我之前很擔心，心裡很著急。」

「我想你媽已經跟你說了，我暫時搬出家裡一陣子。」

「在生氣嗎？」

「不是在責怪秀樹喔，不過我已經受不了暴力了，所以暫時住外面，這樣而已。」

「你說那什麼話。根本就是擅作主張。為什麼不聽聽我要說的。是無所謂嗎？我的事無關緊要對吧。你有認真聽過我說的嗎？老爸總是擅作主張，我說什麼根本就不想聽不是嗎？」

「秀樹，抱歉。我得休息了。就這樣了。」

單方面把電話切掉。那時，有種像是把秀樹一人撇下的感覺。沒理會呼叫著爸爸的兒子，把他撇下不管、遠離而去的感覺。小時的秀樹，會因為秀吉出差而覺得孤單。「很快就回來喔，做個乖寶寶，等爸爸回來。」秀吉會這麼說，然後把秀樹抱起來。先前秀樹在求著我，我卻把他撇下。秀吉很少作夢，但偶爾會夢到寂寞模樣的秀樹，一副要哭的樣子在玩著。秀樹想和人一起玩，旁邊卻一個人也沒有。夢中，秀吉想走到秀樹旁邊，但身體卻動不了，沒辦法靠近過去。

說打電話的是昭子，說切電話的也是昭子。我照她說的做了。起先，秀樹一副要哭出來的聲音道歉時，有種好像身體被搔癢似的高興的感覺。寂寞得要哭出來的秀樹，來向我請求原諒。但才幾秒後，秀樹嚷了起來。口氣、聲音一下子改變。昭子似乎預料到這種情況。「真的就像妳講的，要是回家的話，馬上又會吵起來。」秀吉說。

請求原諒的是秀樹，大聲責怪的也是秀樹。並不是人格改變了。秀樹還小時，心想他怎麼還不趕快長大呢？想像那種一起喝咖啡、喝酒、男人們一起旅行的情況。但是，我希望和長大後的秀樹聊些什麼呢？和群馬的老爸喝過好幾次酒，但不是只有兩個人。說過些什麼話，不記得了。

我是希望和秀樹談什麼呢？和他聊公司的事吧。上司很囉唆，又不認可我的構想。是這樣的話題。我會說，公司就是這麼一回事。大概我想像的就是這樣的談話吧。這樣的教導，感覺聽老爸、公司前輩、上司說過好幾百遍。「公司就是這麼回事。有時沒道理的事也有，但盡到忠誠的話，也會受到照顧。」這是公司，以前的公司，現在不一樣了。

現在已經沒辦法想像和秀樹喝酒聊天的情況了。現在，就算秀樹來和我商量公司的事，我也回答不出什麼。一年前左右，聽昭子談起，諮商人員問說，您先生希望秀樹君變成什麼樣子呢？我並沒特別期望什麼，那時這麼回答。一般的公司，像一般那樣在上班就好了。每個做父母的，都是這麼想的吧。

「一般的公司是指什麼公司呢？像一般那樣在上班，是指正式職員嗎？打工或半職不行嗎？」

那時，昭子這麼問。回答不出來。一般的公司是什麼公司呢？沒想過這問題。自己的公司再怎麼整頓也不是奇怪的公司，但就是一般的公司嗎？還是Sony或豐田才是一般的公司？

秀樹生下來時，自己很高興。心想，有了必須守護的東西了。再怎麼樣，都要守護著家人。到底做錯了什麼？曾經想這麼問昭子，但覺得有點任性，所以沒問。的確，是有什麼做錯了，但做錯了什麼呢？誰也不知道。就算問了這樣的事，昭子也不曉得要怎麼回答吧。

想想，很像公司的事。

「為了公司，一直很努力工作。我做錯了什麼？內山，你說呢？」

說不定齊藤明天就會這麼問。我能怎麼回答呢？

「董事沒有錯，肯定誰的錯都不是。時代就是這樣喔！」

眼前彷彿看得見這樣應對的自己。也許不是做錯了什麼，秀吉心想。畢竟一直是這麼工作著，並沒有改變什麼。完全同樣的工作方式，譬如說在十五年前，一切都很順利。

家庭又是如何呢？要是能理想地守護住家庭的話，自己現在會是在哪裡？又是在做什麼呢？至少不應該是，沒有罷工，卻投宿在旅館裡。至於其他，就不知道了。理想的家庭這東西，是自己無法想像的，秀吉第一次意識到。

知美

父親被擔架抬走的情況，對面那個叫柴山的男人看著。黑色燈芯絨運動褲、華麗的毛衣，外面是皮夾克。古銅色皮膚，是去日光沙龍曬的吧，知美心想。他打自己的老婆嗎？

爸爸的傷只有額頭受傷和腳踝扭到。從醫院打電話給哥哥。哥哥後來好像道歉了。哥哥不停止暴力以前，爸爸不回家了。

「是覺得這樣比較好，不過這麼一來，家裡會冷清的。」

聽哥哥和爸爸大吵，又看他們打架，還有比這更讓人悲傷的嗎？爸爸從樓梯摔下去失去意識時，自己嚇得沒辦法呼吸。「叫救護車！」媽媽的聲音讓自己回過神來，然後慢慢深呼吸。

有人因為太悲傷而精神失常，但沒有人會因為寂寞而如此。如果那樣的人，是相當脆弱的。因為寂寞而沒辦法呼吸是沒有的。寂寞不像悲傷，雖然療傷止痛終究也只是時間問題而已。但還是寂寞比悲傷好。

爸爸去住所沢的商務旅館。送爸爸到旅館後，在電車裡和媽媽緊挨著坐在一起。很久沒那樣和媽媽在電車裡說話了，很高興。說了柴山那個男人的壞話。知道媽媽很討厭柴山後，很高興。也談了哥哥的事。媽媽說，做人父母的，就是會一直擔心著孩子。我沒有做母親的勇氣。板橋的外婆，在媽媽還單身時，擔心媽媽會不結婚，結了婚擔心她會離婚。我不想讓媽媽擔心。但怎麼做才能讓媽媽不擔心呢？

看到我快樂地笑著，就會高興，媽媽這麼說。但也不可能一直笑著。而且，什麼時候、什麼情況，我是快樂地笑著，媽媽一定不知道吧。看到我和學校的死黨到居酒屋，笑在一起的樣子，媽媽會高興嗎？

「妳告訴我嘍。現在的知美，做什麼的時候最快樂呢？」

媽媽這麼問。我跟她說，那是現在開始要尋找的。至少不是和死黨們到居酒屋。

這麼一來，義大利去不了了。在自己的房間裡，知美這麼想。爸爸離開家，家裡變得很麻煩。在這種情況下，要去義大利什麼的，實在說不出口。想傳簡訊給近藤，但又覺得不是該用簡訊說的事。所以打了電話。

「我是知美。你在工作嗎？」

「對，不過沒關係。」

聽到近藤的聲音，想到那個小房間的樣子。一堆機器和工具、刮金屬的聲音、金屬熔化的氣味。

「是這樣，那之後我就一直考慮著，但看來還是沒辦法去義大利。對不起！」

近藤沉默了一會後說，不是什麼得道歉的事。

「只是提議要不要一起去，所以沒什麼好勉強的。」

「不過，可以再去你的工作室玩嗎？」

「隨時都可以喔。」

切斷電話後，知美感到無法形容的寂寞。打電話前，預想了近藤的反應，不過想錯了。死黨那些人或以前的兩個男朋友，拒絕他們的邀約時，反應大致有兩種。

「嗯？這樣嗎？再考慮考慮嘛！大家都盼著知美能一起去。真可惜！再考慮考慮好嗎？拜託啦！」

「可是特地約妳的喔，為什麼拒絕嘛？我也準備東準備西的了，這麼一來不都白費了。那要怎麼辦？都是知美害的喔！」

因為心想，說的肯定是類似這樣的，然後想再跟他說爸爸的事。哥哥對爸爸施暴，爸爸離開家裡。在這種時候，我不能留下媽媽一人到義大利去。

「這樣啊，那很嚴重呢！那就沒辦法了！雖然覺得遺憾，也只好這樣了。」

談話會這樣結束。這是到目前為止的形式。但近藤不一樣。「不是什麼得道歉的事。只是提議要不要一起去，所以沒什麼好勉強的。」這麼說，讓我沒辦法接下去。爸爸的事當然也沒辦法說。或者說，爸爸的事沒有必要說，因為變成多餘的。

「看來還是沒辦法去義大利。」這樣結束了和近藤的談話。知美決定了，我也不好再說東說西。近藤是這麼想的吧。就算我不去，近藤還是會去義大利。近藤不是因為要和我一起去，所以才去義大利。近藤不會把他的決定和我的決定糾葛在一起。近藤的決定是近藤的。

我的決定是我的嗎？我是不想去義大利嗎？這樣的事，一次都沒去想。只是想到爸爸離開家裡，不能留下媽媽到國外去。那麼想的時候，自己不知為什麼鬆了一口氣。為什麼會鬆了一口氣呢？並不是不想去義大利。雖然這樣，卻鬆了一口氣，為什麼呢？想通時，知美不禁打了個寒顫。是因為覺得不用自己做決定也可以，所以鬆了一口氣。自己做決定，是件辛苦的事。真的很盼望妳能一起去，再考慮考慮好嗎？為什麼要拒絕嘛？可是特地邀妳的呢！原本以為近藤會這麼說，然後再跟他講爸爸的事。這樣啊，那就沒辦法了！近藤會對自己這麼說。

「那就沒辦法了！」

這麼一來，就能完全放棄到義大利。因為沒辦法，所以放棄，什麼問題也沒有。之後可以一再替自己辯解，那時是沒有辦法。到現在為止，一直都是這麼做決定的嗎？到現在為止，有自己做過決定嗎？決定津田塾或上智大學的，是自己嗎？不是！

自己想做什麼，得自己決定。我想做什麼呢？想搬出家裡，知美之前是這麼想。一直認為，想搬出家裡是因為想離開爸爸。不過爸爸現在已經離開家裡了。爸爸不在的話，留在家裡也可以嗎？這麼問自己。不是這樣，還是想搬出去。為什麼去義大利的事，這麼簡單就拒絕了呢？

「喂喂，近藤先生嗎？」

「啊，知美嗎？」

「真是抱歉！」

「沒關係的，怎麼了？」

「剛才說，看來沒辦法去義大利了，不過其實還沒做最後決定。能不能再等等我的回答？」

「可以啊。」

「不過，最晚什麼時候得做決定呢？」

「嗯……我打算明年三月去上義大利語加強班。寄申請書到義大利、匯學費過去、再申請留學簽證，大概要花一個月。所以，今年底決定應該沒問題吧。」

知道了，知美回答。

「我會在那之前決定。」

做決定的是自己，知美心裡這麼想。

秀樹

媽媽和知美回來了。老爸經過精密儀器檢查，沒發現異常，太好了。但說是為了慎重起見，今晚住院。兩人要把麻婆豆腐和炸雞塊加熱，問說要不要一起吃。「不用了。」秀樹回答說。吃完飯後，媽媽把老爸的外套放進紙袋，和球鞋、公事包等，一一放進大提袋裡。把附有磨豆機的咖啡壺和一袋咖啡豆用報紙包好。從碗櫥拿出兩個杯子，也開始用報紙包了起來。這是在幹嘛？只有一晚，為了保險起見住醫院，為什麼需要咖啡壺？

「妳在幹什麼？」

「你爸爸今晚待在醫院，所以在打包他的東西。」

「這我知道，可是需要咖啡壺嗎？不是只有今晚嗎？要咖啡壺幹嘛？」

老媽在隱瞞什麼？低著頭，似乎在思考什麼的表情，然後完全一副陌生人似的口氣說，老爸暫時搬出去了。

「不是因為怕你或恨你。你爸爸也說原諒你了，我想他等下會打電話來。不過，在你不停止暴力之前，你爸爸不會回來了。」

誰決定的？為什麼這些傢伙擅作主張，做這樣的決定呢？都沒問我意見，什麼事都排除我就做決定。是老爸自己決定要離開家裡的嗎？老爸應該會想和我談談的。我想向老爸道歉。老爸肯定會想聽聽我想說的，錯不了的。

「是你爸爸，媽媽和知美也都贊成。」

老爸自己決定的？不可能是這樣。和老爸什麼也沒說到。抱歉的心情也沒讓他知道。彼此的心情都沒完整表達。我想道歉的心情，誰都沒考慮到。我的心情要怎麼辦？無關緊要嗎？老爸總是這樣，不是逃避就是強人所難。就連今晚，老爸也不想聽我說的，想拉我到柴山家。他相信柴山的話。

秀樹腦袋一團亂，無法控制自己。細線、粗線纏繞在一起解不開，一大堆想法、念頭塞滿在腦袋裡無處可去，然後腐爛掉，感覺像是身體裡積滿了髒東西。在皮膚裡積著的髒東西，從哪裡都排不掉。無法思考言詞。老媽沉默不語。自己一腳踢向和室的拉門。低沉的一聲，拉門破了一個洞。又是這樣，我又想對老媽動手了。

「秀樹，別亂來！」

老媽大聲說。好像要坐好姿勢似地挪了挪身體，面向這邊，堅定的眼神看著我。這樣的眼神，以前從沒有過。視線隱約冷冷的，而且很強硬。皮膚好像觸到冰一樣，整個身體一下子冷了起來，感覺髒東西好像從全身毛孔排泄出去了。

不過我想見老爸。自己去見他，為今晚的事道歉，也希望他聽我說。「那麼，我把他的東西拿過去。讓我拿過去喔！老爸現在在哪裡嘛！」

「我不是說了嗎，你爸爸等下應該會自己打電話來。你爸爸在哪裡，我不能告訴你。」

不能告訴你在哪裡。媽媽這麼說。秀樹忽然想到《親密伴侶暴力》書上說的，施暴的男人會要求讓他向受害者道歉，會追蹤逃走的妻子或戀人的去向。所以被害者的援助窗口，絕不會透露當事人的所在。不能告訴你在哪裡。被媽媽這麼一說，有種被推開的感覺。

「知道了。」

秀樹這麼喃喃說。

為什麼我會踢和室的拉門呢？回到房間，沒開燈，就那樣躺在床上。差點要打媽媽了。聽到老爸暫時不會回來，腦袋變得一團混亂。覺得身體好像積著什麼髒東西。感情、思想互相糾結，在腦袋裡混在一起，然後腐爛，彷彿密密麻麻地塞滿了骨頭、肌肉、皮膚的空隙。想撕裂皮膚，把髒東西從那些地方清出來。髒東西也塞滿喉嚨，想吐出來，然後不知不覺就開始吼叫了起來。

老媽和我之間的空氣變得泥濘沉重，我的皮膚受到壓迫，塞滿身體的髒東西像是要爆開。不喊叫、不手舞腳踢的話，覺得像是要被髒東西壓碎了似地。

老爸離開家，是我的錯。明天早上不會再飄散咖啡香味了。老爸去了哪裡呢？因為不景氣，公司似乎有困難。有次聽到媽媽說家計不充裕。老爸是到親戚家嗎？還是租了個房間？為什麼得離開家裡呢？我也可以保證。難道保證絕對不再施暴也不行嗎？

又想起《親密伴侶暴力》書上寫的。那部分讀了好幾遍，差不多都背下來了。施暴後，男人會道歉，有的男人是邊哭邊道歉。有的男人會送幾十萬元的鑽石或每天一束花，也有的男人會立下絕不再使用暴力的保證書。然後是所謂的蜜月期——短暫的和平狀態。但不久又進入緊張期，緊張越積越高，於是又因為芝麻小事發生暴力。這樣的事，我不會再做了。如果老爸有回來的話，我會道歉的。老爸肯定也會原諒我不是嗎？早上我或許會到樓下喝老爸泡的咖啡也說不定。去公司前，老爸會談些什麼呢？這一年半，和老爸說過什麼話？沒有印象。事實上也沒真正說過話。幾乎連打招呼都沒有。

外頭的亮光從四個洞滲進來。把相機再架好、調好。從右邊最先挖的那個洞看出去，二樓房間的窗簾還是拉上著，燈也沒開。看得到一樓和玄關的一部分。如果有人從玄關出入，可以拍到那人的頭部。從左邊的洞，鏡頭朝下，可以從沿著牆壁種植的杉樹空隙看到柴山家的門。

從左端的洞監視他家的門。想確認他是不是回來了。柴山回家的時間不一定。只見過一次柴山走進家門。大概十天前，聽到鐵門開鎖的聲音，時間是半夜一點，急忙從左邊的洞窺看，柴山進去家裡，過一會二樓的燈亮起來。現在二樓房間的燈既然還關著，表示柴山也許還沒從公司回來。

還沒見過他要出門上班的情況。曾經從早上七點到九點注意著玄關，但沒看到他。聽說廣告公司或出版社的工作，上班時間不一定。或許把日夜顛倒的生活改過來比較好。像現在這種早上睡、傍晚起來的生活，沒辦法確定他上班的時間。想一想，他出外的時間，自己都在睡覺。要救Yuki的話，得確認那傢伙什麼時候出門。

要怎樣才能讓日夜顛倒的生活回復到平常呢？繭居族網站的討論版或許有人寫著這種經驗。如果是在早上大家起床的時候起來，晚上最晚兩點左右睡覺的話，老爸和老媽會高興嗎？應該會吧。老爸哪天回來時，先向他報告這件事。光這麼說，他或許不會相信，所以早上要跟他一起喝咖啡。但如果只是一、兩天，也不會有效果吧。要一個禮拜或十天，每天和他喝咖啡。那時，也在老媽和知美面前，保證不再使用暴力。然後跟他說說話，說什麼都好。或許老爸公司的事，什麼話題都可以。

總之需要鬧鐘。秀樹離開相機，從書架裡把鬧鐘拿出來。埋在雜誌、寶特瓶、遊戲軟體裡的鬧鐘，停在四點。正想換電池時，手機響了。

「秀樹嗎？是我。」

是爸爸的聲音。沒想到會打電話來，心裡怦怦跳。

「爸爸，還好嗎？」

聲音變了調。

「嗯，沒怎樣喔。」

心平氣和的聲音。很久沒聽到爸爸這樣的聲音了。透露出一種冷靜，也有點臭屁的感覺。我是怎麼擔心的，老爸知道嗎？

「不過我之前很擔心，心裡很著急。」

還想跟他說什麼。對了。決定要改變日夜顛倒的生活。聽了一定會高興吧。

「我想你媽已經跟你說了，我暫時搬出家裡一陣子。」

想跟他說要改變生活的事，但他卻像打斷我的話似地，說要搬出去。這事已經知道，聽老媽說了。為什麼要打斷我的話。畢竟還是在生氣嗎？

「在生氣嗎？」

有點尖酸的聲音說。

「不是在責怪秀樹喔。」

這個我知道了。為什麼不聽我說話。剛才想說重要的事情時，把我的話打斷不是嗎？為什麼只顧說自己的？

「不過我已經受不了暴力了，所以暫時住外面，這樣而已。」

別講那種臭屁的話。為什麼總是那樣，自己擅作主張做了決定呢？從來沒跟我商量不是嗎？又沒問過我的意見。「你說那什麼話。根本就是擅作主張。為什麼不聽聽我要說的。是無所謂嗎？我的事無關緊要對吧。你有認真聽過我說的嗎？老爸總是擅作主張，我說什麼根本就不想聽不是嗎？」

秀樹左手拿著鬧鐘，在沒有燈光的黑暗房間裡踱來踱去，同時聲音大了起來。

「秀樹，抱歉。我得休息了。就這樣了。」

電話切斷。立刻按來電回撥。鈴響著，但老爸不接。重撥好幾次，然後那邊關機了。秀樹大喊一聲「混蛋！」想把鬧鐘往窗戶那邊砸過去。四個圓洞，像動物的眼睛閃亮著。秀樹注視著那幾個圓洞，過了一會，大大吐了一口氣，把抬起的右手放下。

第五章

二〇〇一年十一月×日・午後到晚上

不只是因為無法對別人說出自己的想法而已，
而是不知道對別人說出自己的想法這件事是什麼。

昭子

只好取消和延江碰面的約定。今天要和秀吉一起到所沢一帶的房屋仲介。昨天寫信給延江說沒辦法去，但沒談到任何關於秀樹和秀吉的事。因為要傳到短短的手機email上，不適合寫那麼多，或許哪天碰面時再跟他說。延江沒有電腦，只能用手機收發email，地址是daikudaze@。「很可惜，不過還有下次。」延江這麼回覆。立川的工地好像會在今年結束。或許也要和那牛排館說再見了。

秀吉離開家後，還沒和秀樹見過面。昨晚，房間的門縫下，有張難以讓人相信的字條。「從明天起，每天早上七點叫我起床。敲我的門，直到叫醒為止。」

雖然半信半疑，但今早七點整，讓人懷念的聲音從二樓傳來。是秀樹從高一就一直使用的鬧鐘，會唱鬧鐘歌「早上了，早上了，該起床嘍！」心想他是真的要七點起來，趕緊上二樓敲門，「已經起來了。」秀樹的聲音回答說。不是不耐煩的聲音。「已經起來了。」秀樹的這種聲音，真的很久沒在早上聽到了。昭子心裡七上八下，本來想問他為什麼這麼早起，但沒問。

「什麼？哥哥起來了?!」

穿著睡衣、揉著眼睛的知美，打開自己的房門。因為是第三個星期六，不用上課。
「抱歉，吵醒妳了嗎？」
「沒關係喔，沒怎樣。」
「早飯呢？」
「啊，要吃喔。」
知美去浴室時，經過秀樹房間，悄悄把耳朵湊在門邊，然後說，「很安靜呢。」

「今天和妳爸爸去找住的地方，所以可能會晚點回來。」
「知道了。」
昭子上網查了所沢一帶的房仲情報，然後印出來。因為秀吉預計在外面住三個月，所以先查了按月出租的房間，租金意外的高，沒有六萬以下的。咖啡香味聞不到，早餐只有自己和知美兩人，感覺飯廳變大了。似乎有什麼緊張的東西消失不見——秀吉和秀樹之間常有的沉悶緊張消失了。

「要找哪一帶的？」
知美拿起印出來的房仲情報，目不轉睛直看著。
「以所沢為中心查了查，滿貴的。」
「能找到好地方就好了。」
這麼說後，知美抬頭看天花板。

「很安靜呢。」

似乎擔心著早起的秀樹。繭居之後，日夜顛倒的生活從沒改變過。雖然去打工過一次，做大樓清潔的工作，但工作傍晚才開始，不用早起。那個工作，做不到三天。

「會不會又睡著了。也沒有搖滾樂的聲音。」

「醒著喔，是他自己把鬧鐘撥到七點的。」

「是怎麼回事？這麼早起。他有說嗎？」

「沒有。只說七點叫他。寫了張字條。」

「那張字條我昨晚也有看到，還想說是什麼？媽媽沒問他為什麼早起嗎？」

「沒有。」

「為什麼？」

「想說的話，他自己會說的不是嗎？我是這麼想的。」

喔——這樣啊。知美發出佩服似的聲音。

「這方面，媽媽好像改變了。」

是因為變得會說出自己的想法吧。「不，想聽的是內山女士自己的想法。您現在說的只是世俗一般的想法，不是內山女士自己的想法不是嗎？」這一年來，竹村一直用這種方式告訴自己這樣的事。如此，變得對秀樹和秀吉都能說出自己的想法。要把自己的想法傳達給對方並不是一件簡單的事。

這樣的我，會對秀吉說，請離開家裡。相識二十二年，這種事連想都想像不到。連這樣的我都會對別人說出自己的想法，別人也一定會說吧。不說的話，是因為有什麼理由。或許是很自然地變成會想跟別人說出自己的想法。只是這樣的事，在遇見竹村、家長會的諮商人員之前，並不知道那是怎麼一回事。不只是因為無法對別人說出自己的想法而已，而是不知道對別人說出自己的想法這件事是什麼。

在媽媽們聚集的那個公園裡，不跟別人說自己的想法是基本前提。並不是說了會讓誰心情不愉快，也不是有那樣的規定。而是沒有對別人說出自己想法的觀念。因為完全沒有當面向對方表達自己想法那樣的事，所以每個人都在彼此摸索。「喂，怎麼剪了頭髮了？」「喂，昨天怎麼沒來呢？」「喂，您先生最近是變瘦了點嗎？」在那個公園，一定會被問到這些事。

「知美。」

「什麼事？」

「幫忙注意一下妳哥哥。如果跑進柴山家裡什麼的，就麻煩了。」

「我知道。不過，不會有問題吧。他不會有那種膽量，在白天跑進人家家裡的。」

「就是怕萬一啊！」

「我知道啦。哥哥如果拿著刀或球棒到柴山家的話，我會毫不猶豫地打電話叫警察。這樣可以吧。」

「好。」

吃完飯，知美還是拿著印出來的房仲情報一直看著。上了大學，一定想一個人住吧。可是，秀吉現在的收入要讓她進私立大學就已經快力不從心，更別說那樣的閒錢了。

在所沢車站大樓二樓的書店前碰面。一樓有咖啡館，「但喝茶要幹嘛呢？」秀吉在電話裡這麼說。秀吉腳踝的繃帶好幾個地方有污漬，看來在外面走還是難免會被灰塵弄髒。像知美教的那樣，拿掉鞋帶穿著球鞋。淺灰色的風衣和深藍西裝，典型上班族的制服，所以黃紅色的愛迪達球鞋就變得很顯眼。秀吉拖著右腳走著。「在公司不太方便是吧。」這麼一問，秀吉說，可怕的是車站裡的樓梯。

「右腳完全沒辦法用力踩，下樓梯時，萬一後面稍微一推擠，就會往前摔倒。雖然抓住樓梯的扶手慢慢下去，但上下班時，人潮洶湧，很恐怖。大家都匆匆忙忙，誰也不會去注意別人的腳踝。下禮拜還是這種情況的話，還是用腋下拐比較好。有個標記，別人才知道你的腳不方便，要不實在很害怕。」

秀吉看起來有倦容。雖然刮了鬍子，白襯衫也是新的，頭髮也梳得整整齊齊，但整個人卻顯得沒精神。也許是腳的緣故，也許是旅館房間太小的緣故。昭子心想。

「單人套房的話，所沢一帶大致要五萬元。」

在手扶梯旁，把印出來的租屋資料拿給他看。一聽我這麼說，「五萬?!」秀吉的聲音大得引起周遭的人轉頭看。

「別開玩笑了，一個月五萬！那種房間不行。廚房什麼的我不需要，廁所共用也可以，浴室也不需要。」

然後又說，「按這種情況下去，房貸會付不了，知美的學費遲早也會拿不出來，妳知道嗎？」一味地只想到以後的話，現在什麼也做不了，昭子心想。時機合適時，自己也可以出去打工。一個月也能有五、六萬。知美也可以申請獎學金，而且那孩子，自己說不定會去找打工的機會。

「先從得做的事一件一件做下去不是嗎？」

所沢一帶，大致上是沒有浴室、廚廁共用的老式單房公寓。看來在城市開發時，老舊的出租公寓都已經拆掉改建。再怎麼窄小的單人房，都附有預製組合浴室和廚房。

「廚廁共用式的公寓，連都內都沒有了。公共浴室大體上也一直在減少不是嗎？」

秀吉開始說起他學生時代在練馬區住過的公寓。三個榻榻米大，當然是廚房、廁所共用，浴室也沒有。

「房租七千五。那樣的房間就可以了。」

這個人是當真的嗎？昭子心想。「什麼時候的事？」這麼一問，「想想，是三十年前了。」秀吉嘆口氣。

搭手扶梯到一樓，那裡有個不動產仲介。「進去看看吧。」昭子說。秀吉猶豫著。

「喂，大的不動產仲介，不都是一些高級公寓嗎？」

「沒這回事。這種大的房屋仲介，處理的物件反而比較多。」

裡頭又寬又明亮，昭子和秀吉進去後，穿著淡黃色制服的女職員齊聲說「歡迎光臨！」，牆的一整面貼著奧武藏和秩父地區度假別墅的海報。兩套接待顧客用的沙發並排，窗戶和桌子間擺著觀葉植物。
「請坐請坐！」
頭髮染成咖啡色的女職員，招呼昭子和秀吉過去，請他們坐。
「歡迎光臨！敝姓小野，名田。」
女職員各遞了一張名片給昭子和秀吉。
「謝謝你們今天光臨敝店。那麼我就不囉唆了，你們希望找什麼樣的物件呢？」
「一人住的單人房，如果有便宜的最好，離車站稍遠一點也沒關係。」
「您的預算大致是多少呢？」
秀吉看著昭子。「能不能幫我們找找三萬元左右的。」昭子說。
「對不起，我確認一下，要住的只有您先生沒錯吧。」
秀吉正想說什麼，但昭子先回答說是。
「我們在西所沢有房子，但剛好有點事情，我先生這陣子得有個能自己使用的房間。」
「啊，原來是這樣。像工作室那樣是吧。」
「嗯，差不多是那樣。」
「請稍等一下。」叫做小野田的女職員這麼說，開始把資料打進電腦。
「三萬元的話，恐怕很難。所沢一帶，無論如何都要四、五萬呢。狹山丘那邊的話，倒是有兩萬八千的。」
小野田把物件資料印出來。「山坡林蔭道狹山丘」，2-8室，公寓單人套房出租，月租兩萬八千，押金一個月，禮金不用，西武池袋線狹山丘站步行十七分鐘，日照好、眺望最佳，通勤通學購物便利，翻新改建如同新屋。

格局圖畫得非常簡單，長方形房間的一半，寫著「洋室」，另一半是玄關、壁櫥和預製組合浴室。洋室的大小是五個半榻榻米。「狹山丘嗎？」秀吉眉頭皺了起來。

「的確也是呢，滿遠的是吧。」

「小手指」站之後的電車班次很少。秀吉的腦袋喀嗒喀嗒響著。狹山丘那邊、五個半榻榻米、兩萬八千！

「有沒有其他的？」昭子問說。

「小手指有三萬五千的。」小野田又把物件資料給他們看。「菊山樓」，203室，公寓單人套房出租，租金三萬五千，西武池袋線小手指站步行十二分鐘，向南角落房間，地段特佳，近7-11、麥當勞，禮金一個月，押金一個月，有陽台。

「跟房東談談，或許不用禮金也說不定。因為那裡一樓是報社營業處，早上會很早就開始作業，說不定會有點吵。」

「那沒關係。」秀吉說，「妳覺得呢？昭子。」

「我覺得還不錯。小手指站走十二分鐘，跟我們家差不多不是嗎？」

「要看看房間的樣子嗎？」

「麻煩您！」秀吉說。禮金、押金、預付房租、仲介費加起來，將近十五萬，也只能這樣了。如果禮金不用的話，多少有幫助。昭子看了格局圖。4・84坪。玄關一進來，旁邊就是大約半個榻榻米的廚房、半個榻榻米的預製浴廁，還有六榻榻米的洋室。雖然小，但附有陽台。「這裡的話，想必能散步到多摩湖或那附近吧。」秀吉這麼說。昭子正點著頭說「是啊！」兩人的面前，寫著「租賃諮詢卡」的表格遞了過來。

「對不起，為了簽約手續上有效率一些，請填一下這個卡，麻煩你們。」

名字、住址、電話號碼（勿填手機，請填服務機關或學校）、年收入、工作年數、連帶保證人等等。「全部都填嗎？」秀吉問說。

「是的。暫時只先填名字、住址和保證人也可以。」

內山秀吉。所沢市本宮町2-11-8。秀吉的原子筆停下來。「保證人的話，我太太可以嗎？」

「您太太是嗎？也在工作是吧？」

昭子搖搖頭，「我是主婦。」

「這樣的話，麻煩請填其他人。」

秀吉的原子筆，還是停在保證人那一欄沒動。

「您的親戚或公司的人都可以。印章等等稍後再補也可以，所以請先填上名字好嗎？」

「嗯——，我太太的話不行嗎？」秀吉把筆拿開表格，放在桌子上。

「對不起。您太太的話，因為沒在工作對吧，這樣的話恐怕還是不行。」

秀吉的臉色變了。這事總不能對公司的同事或上司說吧。為什麼租公寓房間呢？一定會這麼問。親戚方面也一樣，要請他們蓋章的話，肯定也會問秀吉為什麼搬出家裡。秀吉並沒對公司或親戚談到秀樹的事。這種時候，老實說了又有什麼關係呢？昭子心想。「要不，我來和群馬的哥哥說好嗎？」昭子這麼一問，秀吉說「別亂講！」低聲拒絕了。「我母親開了家『和服教室』，找我母親可以嗎？」昭子問那個叫做小野田的女職員。這麼一問，秀吉頭還是低著，大聲說，「好了啦！」搞得其他顧客和職員都往這邊看。「那麼，要怎麼辦？」昭子又問。秀吉漲紅了臉，嚷說「算了算了！」站起身來，拖著腳步走出房屋仲介。

「我不是一開始就跟妳說了嗎，那種大的房屋仲介是不行的。我和妳不一樣，是小地方出身的，所以我知道。因為我當初來東京時也是那樣。盡可能找個小的房屋仲介，讓他們幫忙找房間。」

經過所沢車站前馬路，秀吉繼續說。

「那時家裡每個月寄給我兩萬元生活費，錢寄來兩、三天前，我一天只吃一餐，就只吃泡麵。」

這個人怎麼盡講這些，昭子心想。小手指那邊的房間並不差，沒辦法租並不是仲介的錯。秀吉不願意跟公司或親戚說秀樹的事，還不是因為面子。難道他們知道兒子是繭居族的話，在公司裡會有什麼不好嗎？親戚會指責嗎？

秀吉拖著右腳走著。大樓之間，十一月末的冷風吹著，但秀吉的額頭卻微微出汗。小心翼翼地用扭傷的腳走路，想必比較消耗體力吧。從站前馬路進入商店街，經過柏青哥店和地下錢莊的側面，穿過烏龍麵店和拉麵店並排的小巷。在離車站滿有一段距離的住宅街入口附近，夾在印章店和接骨診所之間，有一家房屋仲介。

「怎麼樣，確實有吧。這種地方，一定會有以前的房屋仲介。」

不過簽約時無論如何也需要保證人。公司裡某個人或親戚怎麼都不行嗎？

「怎麼都不能請公司裡的人作保證人嗎？」

「昭子，公司現在很困難。不管上頭也好，部下也好，都不能讓他們看到我的弱點。」

「秀樹的事是你的弱點嗎？」

「至少不是我的強處。跟他們說說看：因為兒子是繭居族而變得這副德行。他們會說，『那麼，在家裡好好照顧小孩不是比較好嗎？』會被這樣說的。連一個兒子都養不好，客戶那邊也不可能處理得好。是這種想法的喔！」

撫養兒子和客戶那邊做得好不好，有關係嗎？繭居族家長會裡頭，也有不少是社會上很出色的人物。他們的工作和孩子的繭居並沒有關係。就算從事多了不起的工作，小孩也可能變成繭居族的。秀吉說的話，讓人無法接受。

這個世界上，有的父母會有殘障或生病的小孩。如果孩子知道父母隱瞞著這種事，會怎麼想呢？「自己的存在是可恥的」，不會覺得這樣而心理受傷嗎？秀樹開始繭居時，自己根本不知道該怎麼辦，也不知道該怎麼看待秀樹是繭居族這件事實，連要跟誰商量或向外頭求助都無法想像。

打電話給精神保健福祉中心，是秀樹暴力變得太厲害而覺得自己會有生命危險時才打的。那時被秀樹的拳頭打中喉嚨而沒辦法呼吸。害怕這樣下去會死掉。「媽媽，有怎樣嗎？媽媽，有怎樣嗎？」秀樹抱著我，邊哭邊道歉。聽著秀樹的哭聲，心裡這麼想，「我什麼都不知道、什麼都做不了！」那時的秀吉，知道秀樹施暴後，只會大聲責備他，我想跟他說的有關秀樹的事，結果他也沒聽。「抱歉，昭子，公司現在很麻煩。」

和保健福祉中心的人、竹村、繭居族家長會的諮商人員見面後，聽他們說，和他們談，該怎麼看待秀樹的事，才一點一點慢慢有了概念。並不是知道了繭居的原因，也不是瞭解了秀樹的心理，更不是找到解決的對策。但是，有件絕對錯不了的事卻確實知道。

繭居這件事，不是家人單獨能解決的。只有家人的親密關係或愛情，別說要解決問題，連對繭居的事也無從瞭解。但是，也不能想等著別人來插手幫忙。所以無論如何，事情遲早得「公開」讓人知道。秀吉對公司的人和親戚隱瞞秀樹的事，是錯誤的。昭子這麼認為。

但是，這時候跟秀吉講這些事也沒用。在寒風中，在房屋仲介的屋簷下，指責他這件事，很難想像他能瞭解。「進去前能不能先講好？」昭子這麼說。

「什麼？」

「保證人的事。如果我不行的話，就讓我媽媽當保證人。」

知道了，秀吉說。昭子有跟娘家提到秀樹的事，這事秀吉也知道，所以實際上不會讓他沒面子。在車站裡的房屋仲介，秀吉會生氣，是因驚慌失措的緣故。

「不過不會有問題的，這種地方，只要大致有個人作保就可以的。」

秀吉這麼說，往店裡走。

把門拉開，音樂鈴聲響起。戴眼鏡的中年男子，「好，好。」邊說邊走出來。店面狹窄，沒有其他顧客。桌子的玻璃下方一張所沢地圖，桌旁是蓋著白色布套的沙發。秀吉一坐下，沙發像呻吟似地發出「呼——」的聲音。

「腳怎麼了？」

拿著一卷物件資料和手機的中年男子問說。「從樓梯摔下來。」秀吉回答。

「三萬左右的話，怎麼都只有小手指、新所沢和航空公園那一帶才有。」介紹了四個物件。小手指的最便宜。「陽光山丘岡田」，301室，出租公寓，租金三萬八千，押金一個月，禮金一個月，西武池袋線小手指站步行七分鐘，4．49坪，向南，有凸窗，日照佳，六榻榻米洋室，人氣地板材料，換氣窗，附燈具。

「這裡可以馬上搬進去，也沒有入住審查。看過房間後，如果今天簽臨時租約，明天要搬進去也可以。」

昭子還是不能當保證人，所以用了昭子母親的名字。秀吉什麼也沒說。

車站在右方，車子穿過平交道，在狹窄的道路開了一段相當的距離。「這樣的話，走路不只七分鐘。」一坐在司機旁的秀吉喃喃說。

「是七分鐘喔，從學校旁邊那條路走的話，真的是七分鐘到車站。」

車站前是空地，末端是個小學，的確看得到一條路。

「那條路中間有個地方沒辦法錯車，所以開車的話得走這裡。」

這條路相當窄，周遭盡是農田的鄉下地方，路開大一點其實也可以，昭子心想。仲介的車雖然是普通小客車，但對面有來車時，有時得停下來，慢慢錯車。車站前沒有類似商店街的東西。「商店在哪裡？」昭子問說。車站另一邊有西友百貨，仲介說。

「晚上開到十一點，很方便。」

秀吉自己煮飯嗎？暫時或許還是外食多吧。要出來吃飯的話，得走到車站那邊才行嗎？

「車站前有中華料理店，西友裡頭也有披薩店和蕎麥麵店。還有，到輔助道路那邊的話，有樂雅樂。」

到輔助道路的話，走路要一個小時以上吧。秀吉幾乎沒說話，只是看著窗外的景色。

那棟公寓在一排建售住宅的角落。路很小，沒辦法停車，所以在五十公尺外的地方下車。附近沒什麼行人，鳥的鳴叫聲聽起來很響亮。「陽光山丘岡田」是棟髒髒的褐色建築。樓梯又陡又沒扶手。秀吉橫著身子，一階一階地拖著右腳爬上去。

走廊的地板鋪著灰色亞麻油氈，就像醫院一樣，昭子心想。門一打開就是房間。玄關是半公尺正方的水泥地。因為廚房水槽比較突出來，所以沒有放鞋箱的地方。玄關水泥地和房間的高低只差三公分不到。地板上用膠帶黏著一張紙條，寫著「已清掃乾淨，勿穿鞋踩上」。

廚房如果站兩個大人，會轉不了身。「有一台電爐，不過也可以用瓦斯爐。」仲介說。水槽如果放兩個拉麵碗，差不多就沒地方了。預製組合浴室的大小，和所沢那家商務旅館的幾乎一樣，成年男性得抱著膝蓋，才有辦法坐在浴缸裡。牆壁、馬桶、地板泛黃得很顯眼。

六榻榻米的洋室，天花板低低的。昭子心想，家裡雖然是建售屋，天花板並不高，但也比這裡高。三個大人在裡頭，讓人就覺得似乎透不過氣來。房間雖然看似面南，大窗戶卻是朝北，陽光幾乎照不進來。東面也有一個小窗，但伸手出去似乎就碰得到的距離，就是隔壁房子的牆壁，所以陽光還是照不進來。木質地板軟得有些奇怪，讓人感覺不舒服。地板上還有兩隻乾透的蜘蛛屍體。讓昭子感到訝異的是，壁櫥不是嵌進牆壁而是凸出來的。地板和壁櫥之間雖然有幾十公分的間隙，晚上沒開燈在房裡走動的話，恐怕會撞到頭吧。

「因為是這樣的房租，所以差不多就是這樣。」

準備把窗戶關好時，仲介這麼說，然後把死蜘蛛往外一丟。「這裡可以。」秀吉喃喃說。

回到仲介公司，簽了臨時租約。秀吉說他今天起要住那裡。

「昭子，不好意思，能不能開車把日常得用的東西載到那邊。我要去旅館退房，然後買電暖桌等等。」

請仲介畫了到小手指公寓的簡單地圖。搭電車回家，趕緊打包東西。知美也從二樓下來幫忙。

「是在哪裡？」知美問說。

小手指出租公寓的單人套房，這麼回答。有柄的小鍋、平底鍋、碗、筷、幾個盤子、拉麵碗公、玻璃杯等，用報紙包好放進紙箱。三套西裝連衣架一起放進大行李箱，白襯衫、領帶、毛衣、羽絨背心，內衣、鞋子也都放進去。桌上的筆、雜誌、四本書，還有和室椅、座墊和桌燈也打包。電毯、睡墊、褥子、被子，捲起來放進車子的行李箱。浴巾、肥皂、洗髮精、衛生紙、垃圾袋也打包。如果還需要什麼，再回來載也可以。

仲介幫忙把東西搬進公寓裡。昭子在仲介要回去時，悄悄包了三千元給他，沒讓秀吉知道。秀吉也搬紙箱，但在樓梯前還是放棄了。在車子和公寓間來回四次，才把東西搬完。天暗下來後，風變得更冷。把碗、盤、碗公放在廚房電爐旁邊淺淺的碗盤架裡，把肥皂、洗髮精放到浴室架上，然後放好衛生紙。

把放進西友塑膠袋裡的杯麵、咖哩飯調理包放廚台上。馬上該吃晚飯了，是我煮比較好，還是順便到附近看看有什麼餐館，然後在外頭吃好呢？秀吉一定不願意到外頭吃吧。他是那種不願意在咖啡店，而在書店門口碰面的人。今晚這一餐該如何呢？要出去吃點什麼嗎？

「隨便吃一下，我就要睡覺了。」

秀吉這麼說，示意一下右腳。也許是腳痛不想出去。如果秀吉要我幫他做點什麼吃的話怎麼辦？昭子心想。碗跟碗公都只有一個。座墊有兩個，但和室椅只有一張。仲介陪秀吉去西友買的電暖桌是最小型的，就像幼兒的書桌一樣。如果兩人對坐在那樣的電暖桌前，吃杯麵或咖哩飯的話，能幹嘛？要說什麼話好呢？

匆忙的搬家，沒有感傷的餘暇。在壁櫥凸出來的窄小房間裡，看著獨自一人坐進電暖桌的秀吉，昭子忽然難過了起來。

「那麼，如果還有什麼需要的，我會馬上送過來。有事你就隨時打電話。」

這麼說，準備回家。秀吉費力地站起來，送到玄關，「給妳添麻煩了！」他這麼說。

昭子坐進車內，抬頭看著秀吉的房間，心想這樣真的好嗎？有一種把丈夫一人丟在這種冷清地方的罪惡感，和一種從歧路走出來，到了寬闊場所的微妙解脫感。

秀吉

背部、手肘、手腕等，全身這裡那裡痛。右腳踝烏青腫脹，只敷著濕藥布，覺得痛。在窄小的預製浴室裡洗澡也很費力。轉身時，有時會撞到腳踝。還得注意熱水不要碰到額頭的傷口。進浴缸泡澡或出來時，也很麻煩，擦身體也是辛苦費力。

只有左腳穿襪子。右腳穿著拿掉鞋帶的球鞋。只鬆鞋帶的話，腳穿不進去，所以把鞋帶拿掉。但這樣的話，拖著腳時，球鞋會掉。所以把鞋帶繞過鞋底，在腳背處打個結。在電車裡，得注意不被踩到。下樓梯時最可怕，因為大家不會留意別人的腳或鞋子。

跟公司的人說是從樓梯跌下去。沒辦法跑外勤，所以只能看看部下的報告，或整理累積的發票，提交給會計。立花說希望我看一下整理好的資料概要，下禮拜開會要用的，兩人談了一會。立花出示賽車生產公司的一覽表，還說這種公司也減少很多。賽車組件生產商和裝配工廠似乎減少到十年前的五分之一。「不過還是接觸了幾家，雖然現在還只是打打電話而已，但看來他們對我們的散熱片並不是沒興趣。只是問了技術方面後，鑄模無論如何得改變，所以需要一些設備上的投資。如果這樣的話，我也沒辦法了，因為沒有決定權。不過，如果順利的話，說不定也能賣到海外市場。」

新的投資是不會有的，秀吉說。

「我也跟董事委婉地說了好多次，但是不行。」
「董事恐怕不瞭解吧。」
不瞭解的恐怕是我們喔！原想這麼說，但沒說出口。秀吉的表情，立花好像也覺察到了。
「一直有傳聞說，為了裁員成立了第二業務部。在雜誌之類的也讀過，就是像這樣，公司有天就突然消失了。因為實在不知道財務狀況，所以就算在吃午飯什麼的，我也是滿腦子都是傳聞和猜測，覺得很氣餒。」
立花去年有了小孩，在新井藥師那邊買了三房兩廳的公寓。
「次長不想換公司嗎？」
立花小聲地問說。想想會覺得奇怪，秀吉心想。在不知什麼時候會倒閉的公司裡，跳槽的話題竟然是禁忌。並不是公司禁止。雖然工作時間談跳槽的事當然不好，但就算是在午休時，也沒有人談這件事。
「講到換公司，因為我一直在這公司，所以怎麼也很難想像。」
「次長現在四十八歲嗎？」
「四十九嘍。」
「這樣啊。我現在三十八歲，其實有個大學登山社的學弟在銀行工作，跟我說只是遲早的事而已，要我還是想想換公司的事比較好。」
「什麼時候的事？和我們有往來的銀行嗎？」
秀吉覺得喉嚨像是被什麼哽住似地。

「是上個月底，是來往銀行之一。不過，我想他也是隨口說說而已，因為他並不負責我們公司的融資。但是，聽銀行的人這麼說，還是會有點怕怕的。」

是啊，是有點。秀吉雖然輕聲應和著，卻覺得會議室的重力忽然增加了三倍，有種無法從椅子站起來的感覺。還得找公寓房間。昭子上網查了租屋情報，據她說，就算便宜的地方，林林總總加起來，還是得準備個二十萬。當然不能花這樣的錢，得找更便宜的房間。雖然打算這樣，但在談到銀行說只是遲早的問題時，想到為什麼還得為搬家另外花這麼一筆錢，不禁怒上心頭。不只是對秀樹，而是對許多人。

「次長，這事請別跟別人說。我也是聽到他那麼講後，想說不妨先寫個履歷，並不是已經實際開始著手換公司的事。只是想說，首先需要的是履歷表，然後到家裡附近的文具行，可是一看到履歷表，忽然怕了起來。一種像是厭惡的感覺。您瞭解嗎？」

啊，瞭解喔。秀吉含混地回答。自己無法想像去買履歷表來填寫的情況。看商業雜誌，寫著：終身僱用的幻想已經結束，所以要認識自己的價值……畢竟要靠自己的能力……看來此後是橫跨性的勞動市場，上班族自由跳槽的時代來臨了。

不過那只是堆砌評論家的話罷了。當了十年、二十年上班族的人，內心深刻的感受卻不是那樣。只看了履歷表，立花就害怕起來，這種心情自己很瞭解。在同一家公司工作了二十年以上，讓公司保護著，是理所當然的事。公司有同事，有能推心置腹的上司，有住房津貼、交通津貼和保險，有個熟知自己的團體。這二十六年來，自己和公司是一體的。看到履歷表就產生恐懼，是因為害怕看到脫離公司之後赤裸的自己。離開公司保護後，只是單獨一個人。公司雖然到了這種地步，沒人談起換工作的事，是因為害怕變成自己一個人。

早上，秀樹打電話來，八點的時候。因為今天要去所沢找房間，以為是昭子打來的。「爸爸嗎？」傳來秀樹的聲音，一下子醒了過來。聽到兒子的聲音，高興得感覺像是胸部被緊緊抱住了一樣，但馬上又擔心是不是發生了什麼事？

「把你吵醒了嗎？」

「沒有，我反正也得起來了。不過，你怎麼了，這時間……」

「我早起。」

「喔，是已經起來，不是待會要睡覺。」

「沒睡飽，不太想起來。」

「這樣。不過不錯嘛，還是起來了。」

「撥了鬧鐘。也叫媽媽叫我。你身體的情況怎樣？」

「腳還腫著，不過走路沒什麼問題，不用擔心。」

「這樣嗎？真的很抱歉！」

「嗯，沒關係了。」

「那麼，就這樣。只是想跟你說，我開始早起了。」

這麼說，秀樹切斷電話。這樣認真的對話，很久沒有過了。充滿幸福感。這傢伙為什麼會想早起呢？是想出去打工什麼的嗎？快活、有元氣的聲音。下午和昭子碰面時告訴她，一定會很高興吧。

下車站大樓的樓梯時，後面一推擠，差點摔下去。趕緊兩手貼靠牆壁，才撐住身體沒摔倒。不禁想起被秀樹踢倒，側身摔下去時的感覺。在人群裡走著，很辛苦，看到昭子的身影在約好的地點那裡，鬆了一口氣。緊急時能撐一把，發生什麼事時能把自己送到醫院，旁邊有這樣的人竟然就能有如此的安心感是嗎？秀吉心想。

「在公司不太方便是吧。」

這麼問起時，跟她談到，可怕的是車站月台的樓梯之類的。原想見到昭子時，先跟她說秀樹打電話來的事，結果就這樣錯過。昭子馬上把網路上搜尋到的物件拿給我看。一聽到所沢一帶幾乎沒有五萬以下的房間時，秀樹打電話來的事，就從腦海飛掉了。房租五萬的話，那怎麼行！昭子對家計到底是怎麼想的？房貸繼續繳下去時，連知美的大學費用都已經有困難了。在這種情況下，每個月還得另外花五萬，會變成怎樣，到底瞭不瞭解？

「先從得做的事一件一件做下去不是嗎？」

昭子這麼說。雖然是這樣沒錯，但此後的收入只會有減無增。只是逐漸花光存款而別無他法的時候，還得花這麼一大筆意想不到的錢，真的很心痛。昭子說，查過所沢一帶的公寓情況，沒有那種浴室、廁所或廚房共用的便宜公寓房間。

想起從群馬來東京時，在練馬區住過的公寓房間。只有桌子和被子，此外什麼都沒有。三個榻榻米大，月租七千五百。腦袋裡想像的是這樣的房間。跟昭子說起這樣的房間，但她問說，「什麼時候的事？」唉，忘記那是三十年前的事了。

仲介說要寫保證人的名字時，腦袋一片空白。才想起忘了保證人的事。昭子是在東京出生長大的，沒有一個人租過房子。我應該想到才對。小手指有三萬五千的單人套房，但保證人的事搞得腦袋一片混亂，沒有租成。仲介的房屋使用者卡上面，有一欄是要填入保證人的名字，看到的那瞬間，想到公司的上司、同事和親戚、兄姊。沒跟他們談起秀樹的事，望向昭子的眼神不禁有一種內疚。

因為保證人這個詞，公司和秀樹在腦海裡攪和在一起，變得亂七八糟。並不是因為被公司的人知道會覺得可恥。而是把秀樹的問題帶進公司的話，會覺得很為難。公司被視為一個不應該去想多餘事情的神聖地方。不這樣的話，就沒辦法好好工作。如果請齊藤作保證人的話會怎樣呢？「為什麼搬出家裡一個人住？」會這麼問吧。不管是老實說還是編個故事，結果是一樣的。他只會同情地說，「你也很辛苦呢！」如此而已。

也沒跟親戚或兄姊說秀樹的事，並不是要特地隱瞞。說起來也不是很有機會談到這個。秀樹和知美長大後，盂蘭盆節或新年也變得沒辦法回去群馬。和留在群馬照顧爸媽的哥哥，除了去年母親十二指腸潰瘍住院時，這幾年並沒通什麼電話。難道有必要特地打電話去說，兒子變成繭居族了？昭子好像跟她娘家談過秀樹的事，但東京和群馬對於繭居族這種社會問題有不同的認知。

不過，在仲介那裡對昭子粗聲粗氣，實在不對。昭子問那職員，能不能找她母親當保證人。但自己因為沒向親戚說秀樹的事，覺得自卑，而大聲說，「好了啦！」意識到其他顧客和職員都往自己這邊看。然後昭子又問說，「那麼，要怎麼辦？」自己不禁對她大嚷說，「算了算了！」也沒向親切接待的女職員道謝，就起身往店外走。昭子滿臉愕然。

覺得開在車站大樓裡的大不動產仲介和自己不相稱。學生時期找房間時，也是在市中心那種又老又小的房屋仲介。在練馬的三榻榻米房間住了兩年半。可聽到隔壁的房東家從早到晚在念經。房東是大約半年前才剛死了丈夫的歐巴桑。那時家裡每月寄兩萬元的生活費給我，但到了快寄錢來時，已經沒錢了，只好每天吃一餐，而且是吃泡麵。房東看不下去，還曾經給我兩根佛龕的香蕉。在東京出生的昭子是不會知道這種事的。

「怎麼都不能請公司裡的人作保證人嗎？」

昭子這麼問。昭子不瞭解。現在的情況，不能在公司讓人看到我的弱點。這麼一說，她問說，秀樹的事是弱點嗎？難道有個繭居的兒子算是我的強處嗎？有時面對部下，也會態度強硬。連兒子一個人都無法養育好的上司，部下會認真聽他的話嗎？一直是以像個父親的態度對待部下的。在家庭是個不夠格的父親，在公司能像個父親那樣對待部下嗎？

進去一家又小又老的房屋仲介，馬上找到公寓房間。結果是以昭子的母親作保證人。房間是在從小手指站南出口走路七分鐘的住宅街。其實離車站滿有一段距離，但綠地多，環境不錯。不知是不是因為走來走去的緣故，右腳痛了起來。公寓樓梯比較陡，爬樓梯時很費力。房間六個榻榻米大，但壁櫥是凸出來的，所以實際上只有五個半榻榻米。總之還是比三個榻榻米的房間大。暖氣是必要的，不過如果有電暖桌的話，應該也可以了吧。

回到仲介店，簽了臨時租約。如果付了禮金、押金、仲介費和預付租金的話，今天要開始住那裡也可以，仲介這麼說。

到旅館退房，交涉一番，這天的住宿費退回一半。讓昭子回去幫忙拿被子。仲介陪我到西友買了一個最小的電暖桌。順便在食品部買了杯麵和咖哩飯調理包。這樣應該可以撐三天。

昭子把鍋、碗、盤、和室椅、座墊、衣服、毛巾浴巾、肥皂、雜誌、書等等日常用的瑣碎東西，放進紙箱，用車載來。

「晚飯怎麼辦？要出去吃點什麼嗎？」

昭子這麼問。我說隨便吃一下，就要睡覺了。右腳痛得只好躺下來。

「那麼，如果還有什麼需要的，我會馬上送過來。有事你就隨時打電話。」

昭子走了後，才想到沒跟她說秀樹打電話來的事。找房間、搬東西，結果就忘了。

窩在電暖桌裡吃杯麵，讀著煮咖啡時開始看的司馬遼太郎的書。泡的是摩卡咖啡。想到很久沒這樣窩在電暖桌裡看書了。七點多，昭子打電話來，問說有沒有什麼不方便的？「到現在為止都還好。」這麼回答。電話切斷後，才想到應該問一下秀樹怎樣？早上早起，現在在幹嘛呢？

夜漸漸深，背開始冷了起來，在毛衣外頭再加上一件羽絨背心。風很大，窗外的樹搖晃著。昭子不放心，擔心我一個人生活可以嗎？簽臨時租約時，問了好幾次，那個房間真的可以嗎？看來昭子並不喜歡這房間。的確是日照欠佳，廚、浴都很小。

但學生時期住的公寓，起初根本沒浴室。那時宅配或搬家公司都沒有，行李放進布袋裡，然後交鐵路托運，鐵路托運的服務叫チツキ（譯注：此字源自英文check，意為憑客票托運隨身行李）。布袋是又硬又厚像帆布似的布料做成的。把衣服，或連鍋子也放進去後，再用繩子綁緊。那時チツキ這個字記得很清楚。秀吉覺得很好玩，一個人笑了起來。

窗外風吹得颯颯響，秀吉想起群馬。秀吉是在山區的城鎮長大的，冬天的風真是冰冷，吹得耳朵、臉頰都會痛。或許是因為電暖桌的暖和，右腳的疼痛減輕。真的好久沒有想起學生時代或群馬的事了。視線回到書上時，心想，已經很多年沒有這麼舒服的心情了。昭子擔心我會不會有什麼不方便。不過，不但不覺得寂寞，而且很微妙地，覺得心情舒暢。明明是離開家裡，卻有這種鬆了一口氣的感覺，是怎麼回事呢？過幾天，會不會寂寞襲身而來，開始想家呢？

知美

有人敲哥哥房間的門，被吵醒。敲哥哥的房門，一向不是好事。星期六學校放假，但還是醒了。探頭看走廊，是媽媽，問我說，把妳吵醒了嗎？確實是想多睡一會，但媽媽在叫哥哥起床。這麼說來，昨晚哥哥的字條寫的是這件事。去浴室時，經過哥哥房間，悄悄把耳朵湊在門邊，什麼聲音也沒聽到。

「今天和妳爸爸去找住的地方，所以可能會晚點回來。」

「知道了。」

桌上有印出來的租屋情報。全是單人套房，附有相連的預製浴室和廚房，肯定會讓人覺得比我的房間還小吧。早餐只有媽媽和自己兩人，吃土司、火腿肉、優酪乳。安靜又平和。沒有咖啡的氣味，也聽不到樓上的搖滾樂。爸爸搬出去後，感到家裡確實有改變。就是哥哥和爸爸不會再打架了。不是覺得爸爸搬出去是好事，也不是看到他的臉都會覺得討厭那樣。

所以並不是討厭爸爸坐在餐桌對面或旁邊，而是討厭會很緊張，不知道他們什麼時候又會打起來。爸爸真的不在家後，才瞭解到這樣的事。爸爸搬出去才第三天，但媽媽已經有點改變了。談到哥哥的事，然後我問說，媽媽沒問他為什麼早起嗎？回答說沒有。

「為什麼？」

「想說的時候，他自己會說的不是嗎？我是這麼想的。」

媽媽這麼說，我有點驚訝。媽媽哪裡、怎麼改變了，我並不知道，但那種思考方式，讓我覺得和近藤很像。我要是想去義大利的話就會去吧，要是不想去的話就會拒絕吧。近藤是這麼想的。

吃完早餐後，看著爸爸或許會去住的公寓房間的資料。裡頭有的還附有建築物外觀和房間的照片。和近藤給我看的攝影集的那個叫做熱內亞的城市的建築相比。覺得熱內亞的漂亮好幾萬倍。

秀樹

腦袋昏沉沉的，把身體叫醒了，但躺在床上動不了。覺得鬧鐘響了恐怕也會起不來，所以留了字條要媽媽七點來敲門。但來敲門前，就醒過來了。要她早上七點叫人是破例的事，所以以為媽媽應該會說什麼，但什麼也沒說。爸爸搬出去那晚開始，安眠藥和鎮靜劑都沒吃。但鬧鐘的電池沒有了，昨天醒來時是中午十二點。睡的時候是清晨，所以身體很沉重，想不在乎地躺在床上再睡個幾小時，但想到柴山的臉，就起床了。

想讀ＢＢＳ上脫離日夜顛倒生活的人的經驗談，但沒有這樣的貼文。不過有人寫了把安眠藥和鎮靜劑的成分排出體外的方法。說是每天喝五瓶烏龍茶，安眠藥和鎮靜劑的成分會隨小便排出去。照他寫的做了。到便利商店先買了十瓶烏龍茶。十個滿滿的寶特瓶，重得要死。回到家時，手都痠軟了。但看著裝滿褐色液體的十個寶特瓶並排在房間牆壁時，感覺那些就像武器一樣，覺得自己真的能捕捉到那傢伙出門的情況。

想跟老爸說早起的事，打了電話。跟他說我早起，但沒睡飽，有點不太想起來。聽到這樣，老爸稱讚我說，不錯嘛，早起了。心裡很高興，覺得亂七八糟塞滿腦袋的東西完全消失。害他受傷的事，再一次確實地道歉。「沒關係了。」老爸說。想問他現在在哪裡，但也許又會這樣吵起來，所以沒問。「只是想跟你說，我開始早起了。」這麼說，切斷電話。

柴山家沒有廚房後門。所以如果有什麼宅配的送貨來，門的對講機會響。從昨天下午一直監視著大門，但沒有宅配或送包裹的。那傢伙晚上八點回來。第一次看到他開門走進屋裡的樣子。淡褐色的大衣，圍著圍巾。從門口走往玄關。秀樹從左邊的洞移向下一個。玄關的門打開後，Yuki在裡頭。Yuki穿著毛衣和長到腳踝的裙子。臉被長髮遮住，看得不是很清楚。

喝寶特瓶的烏龍茶。又不是夏天，要怎樣才能一天喝五瓶呢？昨天到最後只喝了一瓶半。今天從早上開始沒吃東西，但到現在也只喝了一瓶。快到中午時，變得很睏。知道是鎮靜劑的殘餘積在身體表面。覺得皮膚像罩著一層薄膜，頭髮像是塑膠做的。幹嘛忍著睡意？你簡直是笨蛋，自己裡頭發出這樣的聲音。為什麼一整天從圓洞窺看呢？別人的事別去管他不是很好嗎？

剛進大學時。問一個叫做堀內的女孩說，能不能告訴我手機號碼？堀內回答說好。但接著又說，現在沒有手機，以後再告訴你好嗎？在教室旁邊等著她下課回家，但她像什麼事也沒有，無視我在那裡，像平常走路那樣從我旁邊走過，然後從視線消失。那時，覺得堀內從視線消失的地方，景色好像破了一個洞一樣。覺得身體火辣辣地痛。像泡澡時，膝蓋、手肘擦傷的地方也一起泡著的感覺。

被堀內漠視時，也覺得別人的事不去理它不是很好嗎？曾經去做大樓清潔的工作，被那個像腹語術人偶似的小個子老頭，很沒禮貌地，像身體被腰斬似地叫說，「內山，過來一下！」那時也想到，別人的事別去管他不是很好嗎？也不是每件事都生氣，要去介意的話會沒完沒了。別人的事別去理就好了。所以我的事也別來管。這是支撐繭居族的基本原則。那是對的。喜歡管別人的事——總覺得這似乎是社會的原則，但那是狗屎。

希望像腹語術人偶的老頭別理我。但不想不理堀內，也不希望堀內不理我。聽說在埼玉，

《少年Jump》晚兩天才發售，是真的嗎？對這麼說的那個大學同班同學，也不想去理他。麻煩的是，在這世界上，這些是亂七八糟混在一起的。希望別理我的人不要理我，希望別不理我的人不要不理我。這是繭居族的願望。所以繭居族網站的BBS裡，貼滿徵求「和誰都不想見到的『對人恐懼』的我成為朋友的人」的這種文章。

Yuki的事不想置之不理。Yuki應該也不喜歡我置之不理。那晚，裸身的Yuki緊緊回握我的手。一直待著，Yuki是想這麼說的。別人的事別去管不是很好嗎？這種心裡的聲音對Yuki不適用。月光下，Yuki小腿和臀部的線條，是那樣不可思議的曲線。如果聽從「別人的事別去管他」的聲音，現在睡著的話，就再也看不到Yuki臀部和小腿的線條，就再也握不到她的手。

「您好，這裡是女性諮商中心。」

在立川的都立機構。四十幾或五十幾歲的女性職員的聲音。因為是援助中心，以為會更緊急地應對。

「您好，我有點事想請教……」

聲音激動變調。得自然些。

「嗯，對不起，這裡一般只是給女性的諮商機構。生命線之類的電話，您知道嗎？我想您使用那種電話比較好。」

為難地這麼說。生命線電話？我的聲音很奇怪嗎？我的聲音聽起來像是馬上要自殺的人嗎？這個中心只受理親密伴侶暴力受害者本人打來的電話嗎？該切斷電話嗎？心裡這麼想。但就這樣退縮的話，等於和Yuki也切斷了。說吧。又不是什麼丟臉的事，也不是應徵工作，不會受傷的。

「不是的，其實是鄰居家裡。」

對了。要說出「親密伴侶暴力」這個詞。要趕快讓對方知道這是有關親密伴侶暴力的電話。

「不是有親密伴侶暴力嗎？我想是那樣的，先生打太太。」

「什麼，您看到了嗎？」

先前一副純屬工作性質的聲音改變了。覺得電話那頭的女性，好像換了個坐姿一樣。

「是的。我從自己的房間有時會看到那樣，然後想說該怎麼辦好？」

「這個電話號碼是怎麼知道的？」

「從網路知道的。」

「那麼，是鄰家的女性遭受暴力是吧？」

「是的。好幾次看到她被打。」

沒說她半夜裸身被丟在院子裡的事。因為覺得Yuki會討厭。

「您能和那位女性說話嗎？是這樣，如果去警察局的話，能夠暫時得到保護。所以，跟那位女性這麼說是最好的，我想。」

「說去警察局是嗎？」

「是的，譬如剛好碰面時，問她還好嗎？類似這樣跟她打個招呼，然後跟她說有這樣的地方。如果這樣做的話是最好的。」

那晚，裸身蹲著的Yuki是精神很虛弱的狀態。一般的情況下，看到我應該會嚇一大跳吧。但只是冰冷的手指顫動著，並沒有其他反應。那樣的情況有辦法聯絡警察嗎？

「跟她說警察局是嗎？如果能碰到面的話，會這麼說。只是那位女性的精神狀態……該怎麼說呢？」

「很虛弱的樣子是嗎？」

老是被打被踢的話，通常會很虛弱吧。或許會走不了，或許會動不了。或許施暴的男人在身邊。

「應該說虛弱呢？還是精神恍惚呢？那種樣子不曉得您瞭解嗎？」

「知道的。這樣的受害者很多。」

「自己去警察局或聯絡之類的。嗯，不知道她辦得到辦不到？」

「有地方能收容那位受暴的女性。您的住處在哪裡？」

「啊，我嗎？」

「嗯——，啊，因為是鄰居，所以是一樣的。是哪一帶呢？」

「所沢。」

「所沢是埼玉縣對吧。這樣的話，逃出來時，可以到所沢市政府的市福祉事務所。」

「啊，請等一下。」市政府的福祉事務所。寫了下來。

「那裡呢，我想有叫做婦女諮商員的諮商人員。那裡是諮詢窗口，所以那位女性如果想逃出來的話，到那裡諮詢，就能知道庇護的收容場所。所以說起來，如果能讓她去那裡的話最好。」

Yuki會一個人到市政府嗎？沒看過她出去買東西。看到Yuki在屋子外頭，只有那晚而已。

「嗯，你們那邊的人過來看，像這種的沒有嗎？」

「那樣的話，是找衛生所的護士。說那位女士好像有麻煩，她們會去看看。但會不會馬上去就不知道了，因為護士的工作畢竟很多。啊，對了，埼玉也有和這裡一樣的諮商機構喔。可以嗎？叫做『埼玉縣婦女諮商中心』。電話是：*******。不過，那裡也是和這裡一樣的諮商機構，沒有庇護的收容場所。所以確實要逃離家裡時，就要去剛才講的市政府的福祉事務所。」

「非常謝謝！如果還有什麼事，可以再打電話來嗎？」

「是的，可以的。」

好，再見。再打其他電話看看。剛才打電話時，對方沒有切掉電話，態度也沒不禮貌，還聽了我說的話。這樣的電話第一次碰到。

「您好，福祉事務所，敝姓Takahara。」

是中年男子的聲音。接電話的應該是婦女諮商人員不是嗎？「您好，我想找婦女諮商員的人士。」

「好好，婦女諮商員。請稍等。」

傳來音樂盒的待機音樂。小學學過的曲子。曲名記不得，只記得是音樂課唱的二部合唱。

一直讓我等著。一分鐘過去了。同樣的樂曲片段沒完沒了地播放著。

「喂，讓您久等了。」

還是男人的聲音。

「婦女諮商員這樣的職銜，是在入間市的入間福祉保健中心。什麼？不是嗎？請等一下……。對不起，是在入間市的福祉事務所。另外一個是福祉保健中心，那是縣的機構。」

要跟他說配偶暴力的事。得讓對方認真應對，不能讓他這樣愛理不理的。

「對不起，請問你們那邊也有處理配偶暴力的諮詢嗎？」

「啊，原來是這樣。和配偶暴力有關是嗎？那麼，不是入間那邊，是這裡沒錯。我把電話轉給負責的人，不過並不是叫做婦女諮商員，這樣可以吧。」

「好。我是想諮詢配偶暴力的事。」

「瞭解了瞭解了。請稍候。」

一樣的待機音樂。穿插著剛才說「什麼？不是嗎？」那個男人的聲音。看來是內線亂掉了。已經受不了這首音樂盒的曲子了。

「喂，您好，電話轉過來了。」

又是個中年男子，聲音有點沙啞。

「有點事想請問一下，是有關配偶暴力的事，請問這裡對嗎？」

「是怎樣的情況呢？」

跟他說明Yuki的事。好幾次看到她在家裡被打。

「原來是這樣。那麼，您和那位女士，譬如說，有交談過嗎？」

以後會的，但現在還沒辦法，所以才想問問一些事情。

「只是打招呼而已。她幾乎不出門。」

「這樣啊。也許這樣問有點奇怪，不過，她先生白天有工作嗎？」

「有。我想是有。」

「那麼，白天的話，只有那位太太在。」

「對。」

「小孩呢？」

「沒有。」

「喔，這樣。請等一下喔。這裡其實是母子諮商室。」

想起那首曲子的曲名了，叫做〈花〉。同樣的片段已經轉了八次。不過不可思議地，自己並不會焦躁。不管多久，都要等下去。

「喂喂，您好。大致聽同事解釋過了。這麼說，您不是和那位女士很親近的人是吧。」

比先前兩個男人年紀更大。感覺很習慣接到這種電話。

「我是住隔壁的。」

「啊，那麼，哀叫之類的，有聽到嗎？」

「沒聽到哀叫，但看得到，從窗戶。」

「原來這樣。那您知道那位女士的住處是吧。」

說出住處好嗎？這個事務所會聯絡那裡嗎？那時會說鄰居有人通報嗎？如果是柴山接了電話，那不是很不好嗎？告訴住處的事，什麼時候都可以。

「怎麼說呢？因為是鄰居，我一查就知道。說了好嗎？」

「我們這裡也是這樣的，或許這麼說有點奇怪，如果能逃來這裡的話，會保護的。兒童方面，現在不也是很大的問題嗎？兒童也是那樣的，有警察的安全課。緊急時，能逃去那裡，我想比較好。現在那樣的，是個大問題。」

受虐兒也這樣嗎？不逃過去的話，就沒辦法保護嗎？被打的小孩逃得了嗎？不會走路的幼兒要怎麼辦呢？小孩知道要逃到哪裡去嗎？會有從父母的身邊逃走的想法嗎？對了，這麼說來，那個法律到底又是如何呢？根據那個法律，目擊親密伴侶暴力的人得通報。

「上個月有新施行的法律是吧。」

「啊，對對。配偶暴力防治法是吧。」

「我讀了。不是說配偶暴力的目擊者可以通報嗎？」

「是的，是這樣沒錯。」

「其實我就是因為這樣才打電話的。」

「不過，那畢竟是向警察通報不是嗎？生活安全課。」

「那麼，沒遭受暴力的時候也可以嗎？就是說沒有正在被打的時候也可以嗎？」

「這個嘛……。因為那是警察的應對措施，我們這邊並不知道。」

「您剛才問說這邊的地址是吧。您那邊不能派人來調查嗎？」

「喔，這個嘛……。我們這機構畢竟是援助逃來這裡的人。所以告訴我們地址的話，我們也是聯絡警察，問他們能不能幫忙那個住址的人。我們的做法只是這樣。總之，如果能逃來這裡的話，我們會有應對措施的。」

「就像平常那樣去就可以嗎？帶她去的話就可以了是吧。」

「是這樣。因為晚上沒有職員在，所以可以到警察局那邊獲得臨時保護，之後警察會和我們聯絡。然後我們會採取措施。」

「可以再打電話請教你們嗎？」

「可以可以，隨時都可以。敝姓Ushijima。」

問一下警察看看，或許也不錯。該找哪個警察局呢？像所沢這種在附近的警察局不行。問了地址的話，我這裡的情形就知道了。打電話給警察局之前，再打一次都內的機構試試。

「您好，這裡是『東京婦女廣場』。」

是女的。是因為純屬工作性質嗎？語氣淡淡的。

「嗯，是關於配偶暴力，有事想諮詢，請問您那裡對嗎？」

肯定會聽的。打了幾次電話，已經知道了。配偶暴力或虐待兒童之類的通報無法漠視。也就是說不用擔心對方會單方面切掉電話或不理睬。

「嗯，是這樣，男性來電話的情況時，是由另一支電話那邊接聽受理的。」

那是加害者的情況不是嗎？我是目擊者。

「是這樣，是我對面家的夫婦。太太被打。從窗戶可以看到。」

「嗯——。是這樣的事嗎?請等一下。」

電話沒切斷。三十秒後又是同一個人。

「喂喂,最好的辦法是打電話給警察局。」

「警察真的會採取措施是吧?」

「譬如也有噪音問題不是嗎?類似那樣,跟他們說有暴力的話,我想會採取措施的,可以用那種方式聯絡警察。」

警察來的話,如果是我,會怎麼想呢?把老爸踢下樓梯時,如果媽媽或知美叫警察的話,我會怎麼想呢?警察被叫來這件事,我會一輩子忘不了不是嗎?假設說,剛好有鄰居或哪個人經過,看到我施暴而打電話給警察的話,又會怎樣呢?警察來問怎麼回事時,媽媽或知美會說我把老爸踢下樓梯嗎?應該還是會護著我不是嗎?其實救護車來時,就是說老爸是從樓梯跌下去的。

我通報警察的話,警察到那傢伙家裡,Yuki臉受傷哭泣著。「不是,只是夫妻吵了點架。」那傢伙這麼說的話,警察會怎麼處理呢?Yuki如果像那天精神恍惚的話,警察能保護她嗎?警察能逮捕那傢伙嗎?如果無法逮捕的話,毫無疑問那傢伙之後會把Yuki打得更慘。

「警察去的話,她老公不會很生氣嗎?」

「是啊,這種情況也是有的。所以,您和那位女士本人有辦法說話嗎?譬如您可以跟那位女士說這裡的電話。受害者不聯絡我們的話,要阻止加害者那邊,是不容易的。」

「瞭解了。如果還有事,可以再打電話來嗎?」

「當然，隨時都可以。」
「那麼，能不能請問您的名字呢？」
「好的，我是Matsubara諮商員。」
「謝謝您這麼忙還答覆我。」
「哪裡哪裡。」
滿緊張的。Matsubara有板有眼地應對，心情很好。看來還是得打電話給警察。哪裡的警察局好呢？
「喂，中野警察局。」
「對不起，有關配偶暴力的事想請教。」
「啊，這樣嗎？我幫您轉到負責的人那裡，請等一下。」
待機音樂響著，是〈少女的祈禱〉。幾秒後馬上是另一位男性。
「您好，電話轉過來了，麻煩再說一次。」
聲音很嚴肅。感覺像是配戴著警棍的人在說話。說了Yuki的事。這是第幾次了？我是目擊者。
「啊，這樣嗎？這樣的話，部門不對了。有專門的單位，能請您向那邊諮詢嗎？現在把電話轉過去，請稍等一下。」
音樂盒的音樂不一樣。什麼曲子呢？披頭四的吧。
「喂喂，中野警察局的防犯室。」

還是有種威迫感。說了Yuki的事，傳來「嗯，嗯」淡淡的回應聲。

「總之，不是您被要求幫助是吧。」

粗魯地這麼說。心跳有點加速。的確不是受害者的請託，也不是目擊殺人事件。

「對。不過，看到鄰居的太太被打，也不好置之不理不是嗎？配偶暴力的事，電視不也常有演嗎？我打電話到民間機構，跟我說應該聯絡警察才對。」

「是這樣的。無論如何，當事人沒有申訴的話，是沒有辦法的，不是嗎？當然，那樣的事是否現在實際發生著，也是很重要的。」

「是。不過，就夫妻吵架來說，感覺吵得很厲害。所以才跟你們談。」

「很厲害？」

「很厲害。」

「那麼，有那種狀況時，打一一〇是最好的。現在並不是那種情況是吧。如果現在過去了，也是各執一詞，一個說有打，一個說沒打，一點辦法也沒有。有打、沒打，就這樣結束了。這種情況，能不能保護也不知道不是嗎？所以，還是要等實際發生的時候。」

「那麼，是說那種時候再聯絡的話，就可以是嗎？」

「是的。嗯，順便問一下，府上是在哪邊？」

「新宿。」

「那麼，就是新宿那邊的警察局了。好好，那就這樣。」

得和Yuki見面才行。見了面，得跟她說最好是逃走或是也可以逃走。要不然，就算看到那傢伙開始施暴，我打了一一〇，他到時也會敷衍得過去的。我帶Yuki去援助機構也可以。她一定是沒想過要從施暴的丈夫那邊逃走的事。

第六章

二〇〇一年十二月×日・早上到深夜

像那種的，就是信賴的人吧。
也就是，就算和全世界對抗，
只有那人是站在自己這邊的那種人，不是嗎？

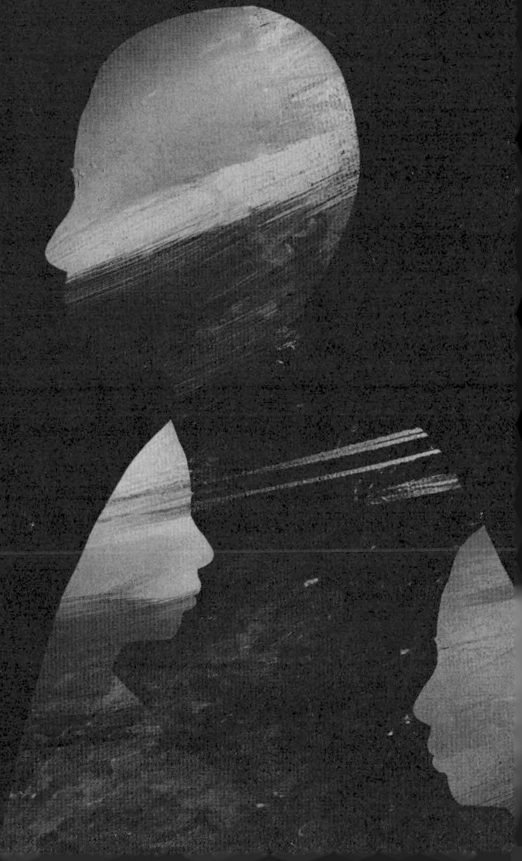

秀樹

鬧鐘響，早上八點。從第三天起沒再要媽媽叫我。起來的時間從七點變成八點，晚一個鐘頭。過了一個禮拜後，身體狀況開始慢慢回復過來。因為效果不佳，所以不再喝很多的烏龍茶了。繭居族網站的BBS上，沒有關於成功改回日夜顛倒生活的貼文，是因為沒有類似這樣的祕訣。要改變日夜顛倒的生活，不在於朋友的忠告，也不在於藥物。而是要去做。

在某個繭居族網站上看過問卷調查。第一個問題是，「繭居後，麻煩的事是什麼？」主要的回答差不多是這樣：沒有收入、變得沒有自信、寂寞、繭居期間的空白是人生的徒然，對就業不利。回答的人數大約一千兩百人。第二個問題是，「導致繭居的原因是什麼？」主要的回答有：對人恐懼症、社會不適應、理想的自我和現實的差距、憂鬱症、醜陋畏懼症、被欺負、逃學等等。回答的人數有八百五十人。

還有一個問題是，「平常做什麼度過日子？」回答最多的是看電視。然後還有這樣的回答：睡覺、上網、恍恍惚惚、後悔、自慰、電視遊戲、音樂欣賞、讀書、責罵自己、準備檢定考試、吃東西、訂自殺計畫。回答人數有七百人。另外還有幾個問題。最後一個是「關於就業是怎麼想的？」回答人數九人。

不想就業。想就業，但覺得做不到。不想工作。想先通過檢定。想做飛特族。做父母的寄生蟲。對這方面，繭居族應該也會思考很多，但回答的卻只有九個人。對於就業或收入，繭居族並不是沒在思考。這樣的狀況一直持續下去的話，如果父母哪天死了，要怎麼辦呢？沒在思考這件事的繭居族並不存在。那種會變成無家可居的恐懼也很強烈。

只有九個人回答，因為對繭居族來說，那是最深刻的實際問題。我也是滿腦子都想著這件事。老爸的公司現在很困難，我也知道，覺得壓力很大。爸媽要是死了怎麼辦？怎麼都無法擺脫那樣的想像。繭居族為了擺脫那樣的想像，做了所有的事。

現在的我怎樣呢？現在有該做的事：監視柴山的家，思考救出Yuki的方法，然後實行。和配偶暴力受害者援助機構的電話聯絡也繼續著。「東京婦女廣場」介紹了熟悉配偶暴力案件的女性律師。當然，這些都不是工作，一塊錢也賺不到，誰也不會高興。不過，至少改變了日夜顛倒的生活。那個大樓清潔的打工，結果只幹了三天，什麼也沒改變。也不是什麼特別的打工，工作本身既不辛苦也沒什麼趣味。像垃圾的一群人聚集著，只是把樓梯、地板、日光燈擦乾淨而已。那種工作不會改變人的。

剛開始繭居時，老爸老媽幾乎每天都叫我出去工作。特別是老爸很嚴厲。「學校也不去，工作也不做，整天窩在房間裡，簡直是社會的廢物。」沒辦法反駁他。因為自己也覺得是廢物。也沒明確去過著不是廢物的生活方式。「秀樹，我呢，已經對你沒什麼期待了。沒要你變成多了不起，也沒要你一年收入好幾千萬。不過，要正經。平凡沒關係，但要做個正經的人。」老爸這麼說。

平凡但正經，是像那個大樓清潔工作那樣的世界嗎？腹語術人偶那樣矮小的怪老頭講冷笑話時，工作的那夥人，明明不覺得好笑，卻傻傻地笑著。像死人一樣。

那傢伙平常是上午八點半到九點之間出門。那傢伙不在家時，Yuki沒有外出。想起來很奇怪，主婦竟不出去買東西。反而是那傢伙抱著食品購物袋回來。這兩個星期來，兩個人一起開車出去買東西只有兩次。那傢伙的車子是普通小客車的Audi。

Yuki為什麼不出門買東西呢？親密伴侶暴力的書買了七本，詳細地讀了。那傢伙一定是沒給Yuki錢。書上有描述這樣的例子。男人不只是毆打配偶而已，還孤立她。讓她置身於無法外出的情況。也無法出去工作、無法和家人或朋友見面。把護照或駕照拿走，拆看她的信，禁止她打電話。

然後經濟上加以控制。不給生活費，不讓她身上有錢，也禁止她接觸錢財。不給她辦信用卡。無論怎麼也需要錢時，會要她說，「請給我錢。」有的男人會要她說幾十次。人沒有錢的話，什麼也沒辦法做。沒有給錢的話，譬如說繭居族會死掉。沒有錢的話，沒辦法去便利商店，也沒辦法搭電車。想把她關在家裡的話，不必用鎖鎖住也可以。只要禁止她對外聯絡、不給她錢就可以了。Yuki為什麼不出門呢？明明是主婦，為什麼不出門買東西呢？為什麼是丈夫下班後買東西回來？只是在這裡看著，什麼事也搞不清楚。無論如何得和Yuki見面。但她根本不出門，要在外頭碰到是不可能的。

左邊的洞出現人影。有人來柴山家。黑西裝、灰大衣，提著黑公事包。像是銀行的人或推銷員，在按門柱上的對講機。想打開窗戶聽那邊的聲音，但沒做。這裡到那邊的門和玄關，還有相當距離，打開窗戶也聽不到。而且那傢伙回來時，會抬頭看好幾次我的房間。雖然應該不知道住家一天十幾個鐘頭被監視著，但卻已經有戒心。如果剝掉黑紙打開窗戶，會讓他更有戒心。

站在門口的男人，按了好幾次對講機，側耳聽著。沒有回應。如果在屋內的人不回應的話，來客也沒法透過對講機講話。那個像推銷員的男人嘴巴沒動。到現在為止都是這樣的，有推銷員或收費人員來時，Yuki都不回應。男子放棄，離開門口。

有宅配或快遞的話，Yuki有時會出來玄關，有時不會。Yuki不出來時，宅配他們會把東西放玄關前。到現在為止，Yuki透過對講機回應，然後到大門口來的情況，只有三次。那樣的時候，Yuki打開玄關的門走出來，低頭踏過鋪石，走到門口。那三次送來的是花束。一定是那傢伙送的吧。施暴的男人，事後或是哭著道歉，或是寫下不再施暴的保證書、送花、送昂貴的珠寶等等。如果是送花束來，Yuki會到門口來收取。

雖然送花的人是開著小貨車來的，但如果不那樣，而是從住家的角落走過去的話，Yuki也不會懷疑的。因為Yuki不會三不五時往窗戶外面看。她從對講機知道有人來，再從窗戶確定來人的類別。推銷或收費用的話，就不理對講機。宅配或快遞的時候，有時會出來玄關，有時並不會。只有送花束來的時候，Yuki會到門口收取。

帽子是必要的。送花束的人三次都不一樣。第一次是個男的，第二、第三次是不同的女性。其中一個女的繫著花店店員常繫的圍裙，男的穿牛仔褲和白色外套。

秀樹準備兩張紙條。第一張寫著一條條得告訴Yuki的事。另一張寫著援助中心、民間救助窗口、律師的聯絡處。第二張紙條要交給Yuki。首先得告訴Yuki，自己是要幫助她的，也就是站在她那一邊的：好幾次看到您遭受暴力。我們有一次在院子裡見過，還記得嗎？我是站在您這邊的。我想幫助您，我和市立援助中心、民間救助窗口、律師都聯絡過。今天有話要和您說。您最好離開家裡，我會告訴您可以得到保護的地方。現在我們一起到律師那邊。是熟悉配偶暴力問題的律師，所以沒問題的。我和那位律師已經談過很多次，我現在帶您去她那裡。

穿著白色外套。媽媽和知美都不在。秀樹把要拿給Yuki的紙條放在外套口袋裡。出門馬上往左轉，沒經過柴山的家，走過住宅街。確認一下錢包。沒買過花束。大概要多少錢呢？身上有一萬兩千元，夠嗎？外套底下穿著薄毛衣是正確的。天空晴朗，但十二月的風冷颼颼的。上午住宅街沒有人影。

雖然這一帶的房子幾乎都是建售屋，但一家一家形狀不同。屋頂和牆壁的顏色各式各樣，整個社區讓人感覺支離破碎。在高處稍停一下。沒鋪柏油的小路延伸到山上，竹林的那邊是神社。往下看後頭的住宅街，看得出柴山的家是最大的。橘色的屋頂很顯眼。在柴山家和大樹的後頭，秀樹的房間幾乎看不見。黑色窗戶的圓洞只看得到一個。

花店在站前商店街裡頭。店前放著耶誕節用的盆栽。頭髮綁起來的女店員，兩手抱著黃色花朵從店裡走出來，把花放進像木桶形狀的塑膠容器裡。「歡迎光臨！」秀樹一站在門口，女店員這麼說。秀樹說想買花束，店員請他進去。玻璃門內的店裡，空氣濕潤，散發著修剪掉的莖、葉的味道。

「您是要什麼樣的花呢？」

那傢伙的花束很奢華。麻煩給我這麼大的，秀樹用兩手比出一個圓形。女孩說，按照花的種類，價格不一樣。

「那麼，同樣是五千元，價格高的花，花束就比較小是吧？」

「是的。」

價格最高的是蘭花，其次是玫瑰。秀樹在考慮時，店員說也可以好幾種花混合。店員沒有化妝。大概是使用水的緣故，手指紅通通的。大大的眼睛，可愛的女孩，秀樹心想。

「玫瑰的話，就算不是很多朵，加上滿天星，花束也會變很大的。」

一朵兩百五十元的玫瑰買了二十枝，加上滿天星，連稅一共五千七百七十五元。緞帶免費贈送。女孩包著花束時，秀樹想到，已經很久沒和女孩子說過話了。深夜的便利商店，都是男店員。前陣子經常交談的人是相片沖洗店店員，也是男的。雖然在電話中和配偶暴力援助中心、民間救助窗口的人員或律師等等那些女性講過很多次話，但這樣面對面和女孩子說話，上一次已經是一年前的事了。

「謝謝您！」

秀樹還沒和女孩交往過，不太會交談。該說什麼，不知道。大學時參加了兩次聯誼，但幾乎沒說話。其中有個喋喋不休很會逗女孩笑的男孩在場。秀樹在聯誼後，想回憶那傢伙講了些什麼，想模仿模仿，但卻完全想不出來。如果和女孩子講話，能像剛才買玫瑰時和那店員那樣對話的話，該有多好，秀樹心想。

商店街的櫥窗映照出捧著花束的自己。看起來像花店的人嗎？手上傳來玫瑰的香味，心情變得很好。要告訴Yuki的事，在腦裡反覆想著。已經有新的法律，我會介紹律師給您，讓我們去申請保護令，有那個的話，您丈夫……「丈夫」好像有點怪。您老公……「老公」似乎也有點怪。那個人。柴山先生。該怎麼稱呼那傢伙呢？

在公車經過的馬路邊，秀樹停下腳步。應該怎麼稱呼柴山呢？秀樹想不出來。幾乎已經背下來的紙條內容，從腦袋消失。心跳加速。忽然變得害怕和Yuki見面。左手捧著的花束，似乎漸漸沉重起來。

在自動販賣機買了熱咖啡，慢慢地喝。路過的人，一個個都是口吐白氣，秀樹的手心卻是直冒汗。總是這樣，要做什麼重要事情的時候，就會緊張著急，腦袋一片混亂。入學考試的時候也是這樣。第一堂考「現代國語」，第一個問題的漢字讀法忘記時，腦袋變得一片空白。明明知道的漢字，卻想不起來怎麼念！心想這下完了，心跳激烈，注意力無法集中，變得沒辦法冷靜思考。然後就忘了該思考什麼。

自動販賣機旁邊有個垃圾桶。淡褐色的容器，用白色字體標示出「瓶」「罐」兩個投入口。剛好是能把花束插進去的大小。乾脆把花束扔進其中一個投入口，然後就這樣回家，不去見Yuki算了。一個阿嬤，帶著大概兩歲大的小孩，從自動販賣機買了溫綠茶。看到秀樹捧著的花束，「啊，看呦，很漂亮喔！」對牽著的小孩說。然後看著秀樹，打聲招呼說「對不起！」「啊，哪裡。」秀樹點個頭。看著走開的阿嬤，心悸稍微減緩。心跳加速，腦袋一片空白混亂，是件很討厭的事，一直想從這樣的事脫離。現在把花束扔進垃圾桶裡，讓混亂的原因和自己切離。切離時的感覺是很熟悉的。打媽媽或踢爸爸時，也有同樣的感覺。這樣不斷地切離開來的話，剩下的絕對只是不從房間出來的一個人自己。雖然輕鬆，但寂寞。就像徵求「和誰都不想見到的『對人恐懼』的我成為朋友的人」。

扔掉花束回去那房裡的話，一切都解決，苦惱的事都會消失。但我還是會從圓洞窺看吧，秀樹心想。在那樣的月光下看到的Yuki的小腿肚和臀部的線條，也會想再看到吧。只要圓洞在的話，我就會這麼想吧。秀樹抱著花束，踏開腳步。

帽子壓得低低的，按對講機。從外套口袋裡拿出紙條，再念了一遍。從對方看來，會像是在確認門牌的名字和發票吧。是來幫助您的。請從您先生那裡逃走。再按一次對講機。聽得到屋子裡頭的音樂鈴聲。把花束朝門的上方舉高，這樣可以看得清楚。

「好的——。」

對講機的小擴音器傳來高亢的聲音。這是Yuki的聲音嗎？不是其他人的聲音？會不會是哪個朋友來玩，是那個人的聲音？「我是花店的人，給您送花來。」

「請稍等一下喔，馬上來。」

心臟好像要破裂開來。大腿和嘴唇微微顫抖著，自己也感覺得到。玄關還是關著。大門的影子映在草地上，和植物複雜地糾纏在一起。再按一次對講機比較好，這麼想時，玄關的門打開了。Yuki穿著白色服裝，快步走來，彷彿踩在草坪鋪石上的舞步。白色長裙過膝。走過鋪石路時，頭髮像慢動作似地晃動著。

「辛苦您——了。」

Yuki高亢的聲音，像是從腦袋上面發出來似地。感覺像是兒童節目主持人那種聲音和說話方式。秀樹看到Yuki的臉，倒吸一口氣。左眼腫得睜不開，上唇也是烏青紅腫。整個臉像歪掉了一樣。白裙的上面是件羊毛背心，也是白的。像極了卡通「小天使」那個女孩的服裝。然後，歪斜浮腫的臉。Yuki打開門。臉更靠近了。花束遞過去時，叫她的名字，「Yuki小姐」。Yuki表情沒有變。

「啊，沒有卡片。」

撥開花束時，這麼說。

「您被您先生毆打是嗎？」

這麼一說，Yuki目光望著秀樹，但是表情沒有改變。從見到面，Yuki表情一直沒改變。沒有表情，秀樹注意到。玻璃珠似的眼睛。

「您被您先生毆打是嗎？」

看著玻璃珠似的右眼，這麼說。Yuki沒有反應。但也沒有要往回走。凍住了似地動也不動。秀樹慢慢把外套脫掉，輕輕披在她的肩膀上。

「想起來了嗎？我們有次在院子裡見過，在半夜的院子裡。」

還是沒有反應。明明是如此真實的存在，卻沒有得到反應。終於Yuki垂下視線，「這個。」這麼說，把花束還給秀樹。

「他會殺掉我的！」

低低的聲音這麼說，晃動著肩膀把外套脫掉，也還給了秀樹。是不是想起那晚的事，並不知道。秀樹把寫著援助機構聯絡處的紙條塞進Yuki手裡。

「您不逃走不行的。逃離家裡後，請打電話到紙條上寫的電話號碼。」

碰觸到Yuki的手，和那晚同樣的冰冷。秀樹抱著花束和外套離開門口。Yuki在門後站了一會兒，然後把門關上，低著頭往玄關的方向走去。一次也沒有回頭往秀樹的方向看。

「那麼，把聯絡地方交給她了是嗎？」

回到房間後打電話給律師。名叫田崎的律師。打電話到事務所，但幾乎握不住手機。三個鐘頭左右，試打了十幾次。

「我也說過很多次了，這麼一來，您該做的也做了，沒辦法再替她做什麼了。」

田崎這麼說。保護令的事，問過田崎很多次，但她說如果不是本人的供述，恐怕申請不到。

「嗯——，對不起，不過，能不能去找您談一次，我會付諮詢費的。」

和Yuki見過後，一直思考著此後該怎麼做好。但這種事並不是我能瞭解的。

「您見了她也是沒有用的。」

田崎每次都這麼說：因為遭受暴力的並不是您，如果當事人沒有想逃走的心意，您再怎麼費心也沒用的。因為民間的援助窗口一定會和本人確定這點的。當事人如果沒有離家的決心，事情馬上又會回到原狀，甚至暴力升高的情況也是有的。

田崎大概是和秀樹的媽媽年紀差不多吧。是個講話明白直接的人，見面其實會覺得害怕，但很想聽她的意見。

「拜託您，就算只有三十分鐘也可以。」

「好吧，如果一定要的話。請等一下，我看一下約談時間。」

翻著記事本的聲音。

「只有二十四號有空。啊，是耶誕節前一天。可以嗎？早上十點。」

「謝謝您。地點是在哪裡？」

「紀尾井町知道嗎？千代田區的紀尾井町。」

「我會查的。還有，嗯，諮詢費用大概要多少錢呢？」

「按大致的規定，是五千到兩萬五千元。三十分鐘。」

「那我應該準備多少呢？」

「您是爸媽給您錢對吧，因為您沒工作。」

不知道是在第幾次的電話中，秀樹跟田崎說自己是繭居族。「為什麼能一直那樣監視別人的家呢？」被這麼問，然後把自己的情況全都老實跟她說了。因為覺得如果說謊的話，會得不到信任，以後恐怕不會再讓自己諮詢。所以和田崎的交談就完全沒什麼含混的事了，覺得跟這樣的對方說謊是行不通的。

「是的。」

「那麼，請準備五千元。」

知道了，這麼說，秀樹切斷電話。大學休學後，這會是第一次到東京都中心。

昭子

從秀吉離開家裡後，和延江差不多三星期沒見面了。或許是因為秀吉的事而有罪惡感。但想和延江見面的心情其實比以前增強很多。有時每隔一個鐘頭會查看有沒有延江的來信。「看來很多麻煩的事呢，我會一直等妳的。」看到這樣的信，心情輕鬆多了。

秀吉搬出去大約十天後，秀吉的模樣、氣味之類的東西消失。解脫感和空虛感，昭子感覺到的是這兩樣。期末考結束後，知美放假，但經常外出。秀樹似乎把日夜顛倒的生活改過來了。有時會下來吃早餐。三、四天前談到法律的事。無法適用的法律沒有力量之類的話。是什麼事並不知道，所以只能含混地應聲著。不過，秀樹顯然比以前平穩。

秀樹也是知美也是，都隨心所欲自由行動。當然，並不是沒有交談，但兩個孩子並不是很需要自己。秀樹不在門縫下放紙條了，變成有事就當面直接說。雖然用紙條溝通明明覺得難過，但沒了紙條又覺得好像缺少什麼。一天當中，會上樓好幾次，看看門下面，沒紙條時會覺得失望。

秀樹說要買書，給了他兩次各一萬塊。秀樹變成不在乎白天去書店。但在看什麼書，並沒說。秀吉和孩子們之間的緊張沒有後，覺得自己的所在不見了。一個人吃飯的情況比以前多。變得沒有做飯的力氣，有好幾天只是把冷凍的咖哩炒飯加熱了吃。覺得皮膚裡頭越來越粗糙乾澀。好一陣子才發覺那是寂寞。

到秀吉那裡的次數減少。開始時幾乎是每兩天就去一次。藥、咖啡用品、替換的被單等，想到什麼需要的東西，馬上就送過去。妳也忙，來來去去次數這麼多也很累吧。秀吉這麼說。秀吉認識了鄰居的年輕女孩。一問才知道是十八歲，和知美一樣大。群馬縣的出身，和秀吉一樣。好像是為了要成為演員而來東京的。有一次三個人一起喝咖啡。秀吉被叫「叔叔」，一副很不好意思的樣子。那種表情的秀吉，第一次看到。和一個跟自己女兒一樣大的女孩，應該不會有什麼奇怪的關係吧。無論如何，如果突然生病或感冒什麼的，有個認識的鄰居在的話，讓人覺得比較安心。

上午到家長會。繭居族的家長會。十點有個別諮商的預約。家長會租了石神井公園附近一個房間在營運。每星期有兩次諮商人員的演講，早上十點到下午三點有精神保健福祉中心的職員在那裡受理免費諮詢。昭子是一年前登記參加的，繳交入會費一萬元成為會員，另外運作維持費用每月五千元。登記入會的人數持續增加，現在的人數是昭子入會時的將近三倍。十坪大的會場和一個小會議室。今天會場也來了二十幾個家長，但男的只有一個。

諮商員一共四個人，昭子都見過。她們是上完規定的講習課程後，由都政府委託聘用的。

昭子和一位叫做大岡的女諮商員談到秀吉離開家裡的事，以及之後昭子自己的精神狀況。只有一張摺疊式桌子和三張摺合椅的窄小個別室。大岡據說直到三年前還是個老師。

「我一直想找個打工的工作。您覺得呢？我先生不在，家裡要做的事也少了。心裡想，得開始做些什麼才行。如果有點收入的話，也許可以請家訪輔導員來輔導我兒子。」

「這樣嗎？」大岡說，點點頭。然後好像想起什麼似的表情，「內山小姐，請等一下。」說完離席走出去。過一會，和那位負責家長會，叫做田之倉的女性一起回來。「這樣嗎，內山小姐談到想找打工的事。」田之倉聽著大岡的說明。

「內山小姐，借用您個人的諮詢時間，實在很抱歉，不過能不能請您看一下這個。」昭子面前遞過來一張紙。「特定非營利法人設立認證申請書」。申請書是影印的，看得到一個「受理」的圓印，是東京都生活文化局的受理印。

「不過，這事還不是正式的。其實我們這裡的人手並不夠。來諮詢的家長也越來越多。而且這地方能向練馬區公所租借到什麼時候也不知道。還有，我們今年夏天申請了要成為非營利組織，依目前情況來看，我想都政府方面應該會認可的。因為這個家長會已經成立五年，在首都圈的繭居族家長團體裡，也算是比較有歷史的。都政府方面大致上是依這樣的實際成績來決定的。所以我也想著，內山小姐能不能來幫忙。剛才聽大岡小姐說您想找個打工的機會，所以想跟您談談看。您覺得如何？能不能考慮看看？」

「我？」昭子很驚訝，「我什麼都做不了呢。」

「我直接了當的問，內山小姐有念過諮商這類的課程嗎？」

「沒有，都沒有。」
「對不起，那大學呢？」
「啊，是念國文，短大。」
這樣嗎？這麼說，大岡和田之倉眼神相對。

「這樣啊。妳老公搬出去了。」
好一陣子了，又和延江在立川的牛排館見面。店裡擺飾著一棵大耶誕樹，綁著緞帶的盒子堆在那邊。外頭是夾帶小雪的風，店裡早期美國式的壁爐熊熊燃燒著。昭子不太有食慾。「妳有點瘦了。」延江說。
「對不起。」
昭子低聲說。墨西哥漢堡排吃不完，還剩一半多。好久沒見面，明明是希望能有個更愉快的時間。
「沒什麼好抱歉的。總覺得昭似乎太嚴肅了點，有些地方不夠放鬆。」
延江把昭子剩下的漢堡排都吃掉。為什麼延江總是這麼有精神？記得以前好像問過這件事。那時延江是怎麼回答的，並不記得了。
「只有笨蛋才會一直有精神，我有時也會累的。」
「我不是累喔。」
「不過，有精神的相反就是累不是嗎？」

有精神的相反是累嗎？不是寂寞？那麼，寂寞的相反是什麼？

「寂寞的相反就是忙。」

延江這麼說，昭子笑了。這樣說很奇怪。

「不奇怪喔，因為忙的話就不會寂寞了。會寂寞的是那些有閒暇的人不是嗎？想想看吧，每五分鐘有活動的人，譬如說哪一國的總統，能想像他會說自己很寂寞嗎？」

「忙碌的工作結束後，鬆口氣時，才覺得寂寞不是嗎？」

「那種人是不懂得工作的樂趣。」

昭子又笑了。然後說，自己並不是因為先生搬出去所以覺得寂寞，而是因為家裡沒有需要自己的那種人際關係了。

「像今天這種心情的話，我和延江做愛也可以呦。」

這麼一說，延江發出「唰、唰、唰」的聲音，食指像汽車雨刷那樣在昭子臉前左右擺動。

「我呢，其實也不討厭這種互相取暖的感覺。但是既然已經忍耐等到現在，那就讓我再稍微忍耐忍耐吧。昭，做愛呢，做前也好，正在做也好，當然很重要，但做完後也很重要不是嗎？我和昭做愛時，怎麼說呢？要在那種清澈的海就在旁邊的地方，我已經這麼決定了。我本來沒護照，認識了昭之後才去申請的，到現在一個章都沒蓋，完全空白的。」

分手時，延江又在昭子的額頭吻一下。「我真應該生為男人，做個木匠。」昭子這麼一說，延江笑說，「昭子的直覺看來不錯，能成為手工很好的木匠也說不定。」支撐延江的，毫無疑問是木匠這種工作。延江和雙親住在江東區的兩房兩廳的都營住宅。西裝一套也沒有。讓人驚訝的是，連銀行帳戶也沒有。工資領的是現金，藏在自己房間的榻榻米下面。

對延江來說是木匠工作。對我而言，應該也有什麼吧。大岡和田之倉問說能不能參與繭居族的非營利組織。她們兩人認為，我很懂得傾聽別人說話。這件事想都沒想過。「聽別人說話，有拿手和不拿手嗎？」這麼問，大岡說，總之，有很多媽媽只會說而已不是嗎？這麼想來，確實也是，在家長會等著諮商時，向自己搭話，然後一直講個不停的人也不少。「一星期來兩、三天的話，對我們很有幫助。」大岡她們這麼說。雖然薪水微薄，但心理學、精神分析、諮商的講習可以免費參加。我考慮看看，昭子說。

看得到延江用跑的回工地。在轉角處要從視線消失時，手往這邊揮了揮。

知美

到近藤的工作室，看他把金熔化後，一起到附近的咖啡館。只有櫃檯和一張桌子的專門店，散發著烘焙咖啡豆的香味。那一刻，想起爸爸。坐在看得到窗外的桌邊。商店街是耶誕節的裝飾。近藤點了義式濃縮咖啡，知美點了拿鐵。上回見面時，跟近藤說了爸爸離開家裡的事。「或許也只能這樣吧。」

「我是完全無所謂，但我媽有點無精打采。問她是不是因為爸爸不在覺得寂寞，她卻說沒那回事。」

「該怎麼講呢？說起來的話，妳媽媽像是妳哥哥和妳爸爸之間的避震器那樣的角色吧。兩人之間的緊張關係由她一人承受，我想是這樣。在這種情況下，緊張關係沒了後，雖然鬆了口氣，但自己的角色卻消失，所以或許會覺得人像是洩了氣似地無精打采。」

「近藤先生怎麼知道這麼多事情呢？」

「沒這回事，而且剛才說的也不一定對。」

「沒錯的，我媽是有這種感覺。並不是因為爸爸不在而覺得寂寞，而是照顧的人不在了，覺得茫然。」

如果跟媽媽說我想去義大利，她會怎麼說呢？上大學的錢不需要了，所以給我去義大利的費用。爸爸毫無疑問會反對。媽媽也會反對嗎？沒有朋友可以商量去義大利的事。對夏美也沒辦法說。之所以沒辦法跟她說，也並不是因為介紹近藤給自己認識的人是她。

「近藤先生有這種朋友嗎？什麼事都能商量的朋友。」

「嗯，怎麼說呢？專科學校有個一直教我的老師，或許就只有他吧。」

「什麼，只有一個人嗎？」

「怎麼說呢？因為爸媽不一樣。有很多事沒辦法跟爸媽講的不是嗎？所以想想還是只有那個老師。」

「這樣不會覺得寂寞嗎？」

「有一個人的話，也夠了吧。」

以前，和那群死黨數著，如果死了，有多少人會為自己哭泣。想得到的家人、朋友、親戚，一個、兩個、三個，一一數下去。有人數了六十八個。我自己那時數了多少人呢？不記得了。不過，一個人的話，也未免太少不是嗎？

「為自己哭泣的人？」
「對，大家一起在數。」
「在自己死的時候哭泣的人和能信賴的人是不一樣的，不是嗎？」
「這樣嗎？」
「我常想像的是，譬如說，在好萊塢的電影裡，不是常有那種被政府或什麼龐大組織陷害，然後被誣指殺人罪之類，而遭到通緝的英雄人物嗎？」
「像布魯斯威利演的『終極密碼戰』是嗎？」
「對對。那種時候，一定會有幫助他的朋友對吧，把車借給他逃命等等的。像那種的，就是能信賴的人吧。也就是，就算和全世界對抗，只有那人是站在自己這邊的那種人，不是嗎？」
就算和全世界對抗。所謂信賴，就是這樣的嗎？而我有誰呢？一個就算在我被通緝時，能借車讓我逃跑的人？爸爸應該是會叫我去自首。只有媽媽吧。近藤又如何呢？肯定會明白地說，到義大利如何呢？離耶誕節還有兩個星期。跟近藤說要去義大利。他很高興。說新年後馬上就會把語言學校的申請書拿給我。問題是，什麼時候跟爸媽說這件事呢？

秀吉

經過四天後，右腳的紅腫漸漸消了。很快就習慣住在小手指的公寓。雖然得比在西所沢早起二十分鐘，但此外沒什麼特別的不方便。昭子問說需不需要電視時，回答說不用。不會想一個人在這房間看電視。

另一方面，也沒什麼特別理由，變成常常看書。在西所沢時，只有睡前讀個幾頁。在這裡，有時一個晚上讀完一本書的情況也有。車站北出口有家「BOOK OFF」，從公司回來時，挑本書變成一種樂趣。新書或口袋書，一百元就買得到。回到公寓，先煮咖啡，再洗個澡。然後邊喝咖啡，邊做個簡單的晚飯。認識昭子前，就是自炊，所以不是什麼問題。超市的食品部，這十年來幾乎沒去過。看到調理包、真空包、冷凍食品那麼多，秀吉嚇了一跳。昭子買了一個三人份的電子鍋，但洗米淘米滿麻煩的，而且總是會有飯剩下。所以就簡單做，用平底鍋把冷凍蛋炒飯或咖哩炒飯炒一炒，或是真空包的飯和紅豆飯也滿好吃的，再適當加些平常的菜，也就很夠了。一個人吃飯，三十分鐘也就解決。接下來就是看書看到睡覺前。

超市的食品部，像秀吉那樣中高年的男顧客並不少。單身嗎？還是中年離婚呢？他們買的東西和秀吉差不多，一個個排隊等著結帳。付完帳後，在專用的檯子上，把買的東西放進塑膠袋。放完後，為了不讓冷凍炒飯或咖哩調理包灑出來，再用膠帶把袋口封住。中高年的男性們，買的量都不多，提著的塑膠袋，扁扁長長的。看到中高年男性那樣的身影時，秀吉心想，自己什麼時候能回家呢？

有次因為問報社營業處的電話號碼，和住在隔壁的人聊了起來。十八歲的女孩，名叫日野容子。說是想當演員。從群馬的渋川來的，就在秀吉老家旁邊的城鎮。

「叔叔是群馬哪裡？」

「中之条。」

「怎麼會?!小時候我去過中之条的溫泉呢，四万溫泉。」

聊著這些話，就這樣，後來變成容子每星期天都會來秀吉的房間坐坐。容子好像是在第一次到東京時離家出走的。

「這次不一樣。蹺家後，我又回去一次，跟媽媽說清楚，然後才又離開，回來東京。」

住這裡的原本是容子的高中學姊，容子來借住，後來學姊搬去和都內的男朋友同居，容子於是就住了下來。現在容子一個禮拜三天在新宿的酒吧打工。

「晚上上班，搭電車到起站一個鐘頭都不用，反而比較方便。」

容子加入一個小小的經紀公司，有時會去參加試鏡或在電視劇裡演一個沒有台詞的小角色。不過，有一天會成為演員的，容子這麼說。

「叔叔也替我加油喔！」

聽她談到離開家裡的事，秀吉想起了秀樹。容子十二歲時，爸爸過世。她好像是獨生女。離開家裡是今年二月，那時才十七歲。她母親一定很擔心吧。孩子離家出走，或是繭居在家裡，父母會比較擔心哪一種呢？繭居的孩子待在家裡，不用擔心他是不是發生了什麼事，但離家出走需要能量，繭居的孩子沒有那種活力。

繭居不久後，秀樹變得不講道理地對父母口出惡言，不久後又開始對昭子使用暴力。那時的秀樹，也不知道該不該佩服他，竟然能把老早以前的事回憶得一清二楚。什麼幼稚園去遠足時，便當的菜裡頭放了他不喜歡的茄子，或是小學時，老師來家庭訪問，和老師一起罵他等等。我們老早忘記的事，他反覆重提，在那邊罵了兩、三個鐘頭。那時，自己心裡一再想，你要是那麼討厭父母的話，離家出走不就了結了嗎？

即使那樣，父母或許還是會覺得繭居比離家出走好吧。會說「那你就搬出去嘛」，是已經對孩子不抱希望了。雖然離家出走確實是比繭居有活力，但只要能看到孩子的身影，父母就會覺得安心。如果希望孩子有活力的話，或許應該歡迎他離家出走也說不定，但孩子在外頭到底怎麼了，那種不知道的不安，不是父母能忍受得了的。

「怎麼了，叔叔。怎麼不說話了？」

聽了離家出走的事情後，沉默了起來。被容子這麼問，秀吉跟她說兒子是繭居族的事。

「因為這樣而遭受暴力，所以暫時搬出家裡。」

喔，叔叔也很辛苦呢！容子這麼說，覺得很意外的樣子點了好幾次頭。秀吉在坦白說了秀樹繭居的事情後，心裡覺得不可思議。明明對親戚或公司的任何人都說不出口，為什麼對認識才一個禮拜的十八歲女孩卻說了秀樹的事？

容子上星期過來玩時，昭子拿洗好的衣服來。其實什麼虧心事也沒做，但被看到和頭髮染黃、指甲留得長長的十八歲女孩一起在房間裡，秀吉顯得不知所措。這是隔壁的日野容子小姐，也是群馬來的。雖然跟昭子這麼介紹了，但還是覺得滿狼狽的。

三個人喝咖啡。昭子來的時候，在路上買了奶油鬆餅，當然只買了兩個。讓來讓去，讓了兩、三分鐘，最後是秀吉和昭子各吃半個，容子吃另一個。三人都不吭聲吃著酥餅。秀吉幾乎是食不知味。

容子昨天一直纏著我，要我跟她一起去西友。要出去前，打電話給昭子，說有工作沒做完，禮拜天要去公司。容子一身紅迷你裙套裝，外面一件羽絨大衣，腳穿長靴。晴朗的星期天，西友的屋頂上，有給小孩子看的表演。容子說想看。只不過是電視兒童節目裡的角色講講話、唱唱歌而已，其實滿無聊的，但容子從頭笑到尾。

坐在屋頂的長條凳，看著穿卡通服裝的演員表演，兩人吃著棉花糖。和我這樣一起吃著棉花糖，跟十二歲時父親過世，兩者之間想必有什麼關係吧，秀吉心想。「你女兒真漂亮呢。」旁邊一個讓小孩跨坐肩膀上的年輕男子這麼說。經他這麼一說，看一看，容子在人群中的確異常的顯眼。

那晚兩人吃了中華料理。容子她家在渋川好像是開美容院的，家人希望她能繼承家業。

「現在我不要了。」

為什麼想當演員呢？現在這樣的女孩很多吧。確實容子長得滿好看的，但在演藝圈沒有關係的話，要存活下去並不容易，週刊之類的雜誌常常這麼寫。

「就算當不了明星也沒關係。去試鏡也是，都是一些長得比自己高、比自己漂亮的人。不過，只要一次就好。想嘗嘗聚光燈照在自己身上的滋味，一次就好，燈光只為我而照。既然來到這個世界，一次就好，想讓聚光燈照在自己身上。叔叔沒這麼想過嗎？」

怎麼說呢？秀吉只能含混地回答。從稍微懂事開始，就一直覺得平平常常就好。覺得平常就好這件事，在秀吉周遭是很平常的事。自己是平常的嗎？至少，從自己一直付著房貸的家裡搬出來一個人住，然後和一個十八歲的少女吃著中華料理，這樣的我是不平常的。

炸雲吞、麻婆豆腐和茄汁明蝦，秀吉喝啤酒，容子喝烏龍茶。啤酒的微醺和麻婆豆腐的辣味裡，被秀樹踢下樓梯的事，剎那間浮上心頭。才一個月前的事，卻覺得像是好幾年前發生的。

正在穿衣服準備要去上班時，電話響了。以為是秀樹，但卻是昭子。

「抱歉，這個時間打來。」

怎麼了？發生什麼事嗎？心頭不安了起來，心想是不是秀樹幹了什麼事？

「立花先生打電話來。好像有什麼急事，要你立刻回電話。我說你出去散步。」

立花。聽到這名字，有個不好的預感。如果不是有什麼突發情況的話，他沒理由會這麼早打電話去。穿好白襯衫，打電話到立花家裡，是他太太接的。「老是麻煩您，請等一下。」然後換成立花聽電話，說馬上再打過來。「打我的手機。」秀吉說。兩分鐘後，電話打來。

「我是立花。次長，今天早上的《日經產業新聞》，看了嗎？」

立花的聲音低沉，奇怪的沉穩。

「我沒訂日經產業。」

「是M&A，我們被併購了。報紙寫說，野上機械零件株式會社被亞洲振興基金的日本法人亞洲·日本振興收購。」

「振興基金？那是什麼？外資嗎？」

「是私募基金。像併購了『長期信用銀行』的瑞波伍德那樣的。」

「整個公司一起嗎？」

「只有技術部門。公司名稱似乎也不會留下來。不過董事長會留下來當併購公司的副董事長。」

「因為他是技術出身的嗎？」

「肯定是這樣吧。」

「那我們會怎樣？」

「我們事務部門的，全都解聘，一個月以後。」

「知道了。總之，我先去公司再說。」

切斷電話後，秀吉惶恐了起來。要穿鞋子，才注意到襪子沒穿。我到底想幹什麼？穿襪子時，嘴巴乾得很厲害，下顎顫抖著。覺得立花的電話像夢一樣，現實感喪失。兩手拿著襪子，拉開襪口想套進腳裡，腳趾頭抖著抖著，穿不進去。「冷靜下來！」喃喃自語說。這麼一來，房貸付不了了。明明什麼都沒辦法思考，卻只有這件事浮現腦海。整個人像是虛脫了一樣。兩手放後面地板，癱坐玄關上。左腳尖襪子套進一半。

公司連同建築物都忽然消失，雖然秀吉腦子裡有這樣的想像。但灰色的四層樓和野上機械零件株式會社的牌子，依舊在那裡，像之前一樣在源水橋旁。進公司前，得先把心情整理好，在電車裡一直這麼想。但所謂的整理，具體而言是什麼？不知道。「最壞打算、決心已定、突然正色」，默念著腦海裡記得的司馬遼太郎書裡的詞句，但那是什麼？不知道。簡單講，是放棄嗎？對秀吉來說的話，是拋開那個家，也是把家人拋棄。

「你真的幫了很多，內山。對於你到現在的辛勞，我雖然想要回報。可是啊，外資像是拿著一大捆鈔票往臉上打下去那樣做生意。董事長看來也很盡力和他們交涉過，說想留下公司員工，很果敢地抗拒過那個猶太對手。上星期，聽了詳細交涉過程後，董事們全都哭了。」

齊藤這麼說，真的哭了起來。看到學生時代練柔道的大塊頭齊藤，身體顫動哭泣著，秀吉心想，真的是完了。「你為公司一直盡力到最後，真是對不起你！」這麼說後，齊藤擤了鼻涕。為什麼沒早點告訴我呢？為什麼報紙登出來前，一直都沒說呢？

「說了又能怎樣？不是嗎？如果能讓你的退職金增加的話，我一萬遍都會跟你說的。據實以告的話，也只能發發牢騷不是嗎？內山。已經和你一起二十六年了，是戰友，是一起流血挺過來的人。隨便讓人覺得不安的話，我說不出口的，你能瞭解吧。」

齊藤哭完後，遞給秀吉一張紙。

「解僱書　野上機械零件株式會社營業一部次長內山秀吉　基於公司業務理由於平成十四年一月十日解僱上述人員　平成十三年十二月十日　野上機械零件株式會社董事長權藤忠」

「怎麼處理？」齊藤對眼睛無法離開解僱書的秀吉說。

「怎麼處理？什麼事？」

「是這樣，就算是我對你的最後一點誠意。」

想說什麼呢？幫我找到另一個工作嗎？他自己怎樣呢？該不會留在併購後的公司吧？

「如果解僱書上，你覺得寫成基於個人理由離職的話比較好，我會直接去和董事長談判。怎麼樣？」

公司理由和個人理由是嗎？沒想到真會有聽到這種詞語的一天。雖然擔心著公司的未來，卻沒認真思考過被解僱的事。只是覺得不安，但從沒認真思考過萬一這樣的話該怎麼辦？所以也沒辦法決定是公司理由離職好，還是個人理由好。

「董事，能不能讓我一、兩天以後再回答。」

「ㄟ——，那樣慢吞吞不好吧。大家可都因為沒有寫成個人理由而哀求著呢！」

如果寫辭呈，公司接受了，就是個人理由的辭職，變成所謂「光榮戰死」的形式。但這樣的話，退職金會比較少，失業保險給付等也會變差。公司理由就是炒魷魚，名聲什麼的比較差，但退職金比個人理由多。問題是，再就業時，個人理由比較有利的傳聞不斷。雖然有的商業雜誌寫說沒差別，但有些專家說確實有差別。

「雖說現在是全球標準化的時代，但日本企業的人事部門普遍還是認為，因公司理由解僱的人是能力有問題的。你說一、兩天，可以嗎？那樣的事。」

「拜託您。董事是怎麼決定呢？」

「我當然是公司理由解僱。沒有可去之處了。只能喝喝酒，除夕幫人念經消災討點錢。」

「瞭解了。」

秀吉深深一鞠躬，退出董事室。

部下都像平常工作著。大家都不知道該做什麼好吧。和已經沒工作是一樣了，不做點什麼的話，心裡平靜不下來。

「怎麼樣？」

立花過來問說。

「問我說要不要用個人理由的離職。」

「次長想怎麼做呢？」

不知道唷！秀吉看著立花，這麼說。常和立花促膝長談有關公司重建的事。如果是在描寫企業的漫畫或電視劇裡，結局應該會這樣：像我們這種充滿熱血的業務團隊開拓了新客戶，戰勝想逃脫的董事派閥。但現實是不一樣的。龐大的附息負債，再怎麼有熱血也沒有用。這個世界之所以沒有活力，原因在此。也就是說，大家似乎注意到了，活力什麼的是沒用的。銀行不接受借新債還舊債的話，有活力也好沒活力也好，全都一了百了。

「聽說支付給經營層相當多的退職補助金。」

也有付給齊藤嗎？但是那些人成為董事後，就一直領著員工退職金。簡單講，那些人臨陣逃脫了。秀吉忽然擔心起今早的事。

「立花，早上的電話，你沒跟我太太說到這次的事吧。」

「當然不可能說。只是一向很少打電話到次長家裡，不曉得您太太有說什麼嗎？」

「沒有。那倒是沒問題。」

昭子有感覺到什麼吧。不過，要是現在從公司打電話給昭子，說立花的電話不是什麼大事情，只是業務上的聯絡而已，這樣做也很奇怪。下次和昭子通電話時，跟她這麼說吧：立花的電話是關於許久沒定案的新客戶已經搞定了。

「我也是擔心的。次長回電話給我時，老婆就在前面，沒辦法談。所以才到另一個房間回電話給您。我太太也擔心，看得出來，因為心情不一樣。結果，實在很抱歉，把次長的女人問題拿來講了。騙她說次長上了當，被十八歲的酒店女孩欺騙，叫我拿分手費過去。真的很抱歉！可是不這麼說的話，恐怕會被她發覺。我臉色發白，把報紙帶走，丟進車站的垃圾桶裡。」

聽到十八歲的酒店女孩，秀吉想起容子，心想那個星期天在西友的約會，或許是神預備好的最後幸福的禮物。立花說他應該會把剛買不久的房子賣掉。

「拖欠房貸被拍賣的話，只有自願變賣的一半金額。」

就算再找到工作的話，薪水也一定會變少的。房貸是以終身僱用為前提來辦理的。立花還好。秀吉是在泡沫經濟時期買的房子，現在就算自願賣掉，房貸也還不了吧。土地的價值只剩一半。

「不過遲早還是得跟我太太講。」

立花會帶著幼兒搬家，而我有繭居和要升大學的孩子。要拋開那個家，對家人說不出口。想到這裡時，自殺兩個字閃過腦海。

第七章 二〇〇一年耶誕夜

要變成有辦法自立，
變成能一個人生存下去。
只有這樣，變成一個人生存得下去，
才能救助親近的人。

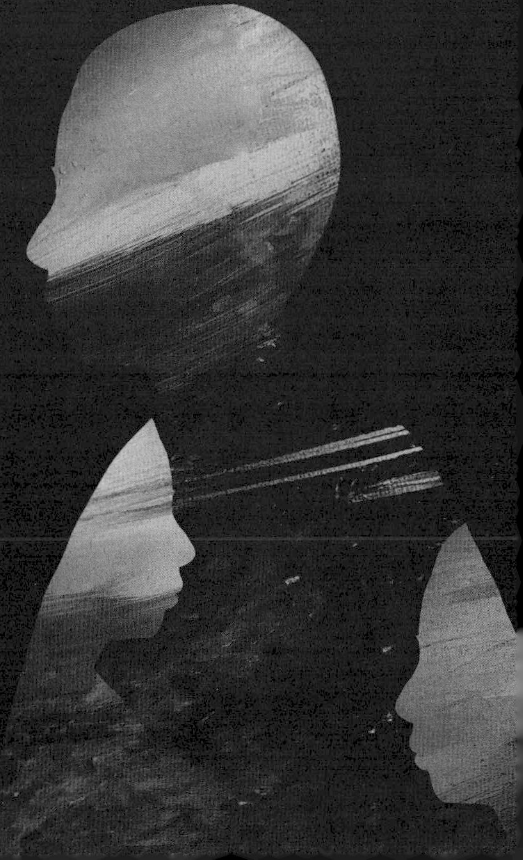

秀樹

六點起床。不能遲到。不是要去打工。是因為三十分鐘付五千元，而且去遲了，或許沒有第二次的機會。洗澡、刮鬍子、梳頭髮、用漱口水漱口。盡可能挑了看起來嚴肅的衣服。深藍色燈芯絨褲子、格子襯衫、羊毛上衣、連帽粗呢大衣。房間的一角，乾枯的玫瑰花束。從那時起，會固定打電話給援助機構看看，但沒有叫做柴山Yuki的女性請求保護。

看到早上七點半準備出門的秀樹，媽媽嚇了一跳。

「能不能借我一萬塊，有點事得去都內。」

「是面談之類的嗎？」

媽媽在錢包裡找著一萬元的鈔票時，這麼問。看來是沒有一萬元鈔票，拿出五千元和一千元的鈔票數著。秀樹著急了起來，但默默等著。沒有就算了！一個月前會這麼嚷嚷吧。不，或許現在也會，要不是得去見田崎的話。買玫瑰花束的錢還有剩，沒有一萬，五千或許也夠了。但三十分鐘五千元，如果談著談著超過了一分鐘，費用會增加一倍吧。諮詢時間三十五分鐘，一萬塊，如果對方這麼說時，會付不出來。

「對不起，秀樹，我還沒去銀行，只有九千塊。要不要一起去一下銀行，可以提款機提款。」

「不用，夠了喔。媽媽的錢包被掏空了。」

「等下會去銀行，沒關係的。」

九千元應該夠了吧。媽媽的錢包已經沒有紙鈔。錢包裡的一千元和五千元鈔票都給我了。就算銀行裡一毛沒剩，媽媽或許也會把錢包裡的錢都給我。這樣的人，我卻曾經對她大聲叫嚷、拳腳相向。

「我現在去律師那裡。」

錢是幹嘛用的，得跟媽媽說，秀樹心想。

「律師？」

「所以需要諮詢費用，三十分鐘要五千元。對面柴山家的太太遭受家暴，要去商量這件事。不過，別擔心，媽媽，我不會做觸法的事。我讀了很多本書，所以想說，能不能在法律許可的範圍內，救救那位太太。」

瞭解了，媽媽說，然後送我到玄關。

邊走邊看著柴山的家。要給Yuki花束那次，她的臉被打得很慘。我會想辦法的，再等一等。對著窗簾拉上的柴山家，秀樹喃喃說。

客滿的電車，一點也不以為苦。池袋站的人群也不覺得恐怖。秀樹從以前就害怕大轉乘站連結通道的人群，在人潮中推擠前進，有被吞沒的感覺。成群移動的人們，沒有表情的臉，彷彿戴著面具。以前在車站的連結通道和地鐵出口處，好幾次差點要恐慌起來。之前想到要去紀尾井町，心裡就忐忑不安。

為什麼今天不會害怕呢？是因為有目標嗎？大學和打工時，也是有目標，但每次也都幾乎要恐慌起來。今天對人潮不感到害怕，也許是自己變堅強了。其實只是變成早起而已，生活和以前並沒什麼很大差別，為什麼會變堅強呢？不，也許不是變堅強，或許是變得沒在意。電車裡、車站裡，都一直思考著要問什麼、該怎麼問律師。或許是這個緣故也說不定。

地鐵有樂町線的麴町站下車。寒冷的早晨，來往行人都拉高領子，像是要逃走似地快步走著。走下緩坡，往紀尾井町的方向。兩旁有許多出版社和律師事務所的大樓，並排的林蔭樹，街道讓人有種安穩的感覺。比約定時間早三十分鐘到大樓前。六層樓的淡黃色建築。旁邊有便利商店。該帶個伴手禮什麼的吧。看看禮品櫃檯。水果罐頭禮盒三千元，麵條麵湯禮盒兩千五百元，咖啡禮盒三千四百元。如果諮詢時間超過三十分鐘，費用有可能不夠，但為了給對方好印象，還是買了咖啡禮盒。事務所的話，應該會喜歡咖啡才對。

「飯島、田崎、吉川律師事務所３Ｆ」的牌子，確認好幾次後，搭上電梯。電梯內是像科幻電影裡常見的雪白空間，舒暢的感覺。通向事務所的走廊也是雪白的牆壁。沒有公共電話、觀葉植物或海報這些東西。飯島、田崎、吉川律師事務所的大門敞開著，迎面是毛玻璃屏風，右側是服務櫃檯。十點十分不到。櫃檯那邊沒坐著半個人。沒有出聲的勇氣，秀樹抱著禮盒靜靜地等著。

「請問有什麼事嗎？」

抱著文件疊的年輕女孩從左側裡頭出來，坐到櫃檯那邊。

「我姓內山，和田崎小姐約好十點。」

要我坐在門口進來那邊的椅子上等。沒多久，一位女性，拿著厚厚的書和盛了咖啡的馬克杯，從毛玻璃後頭走出來。

「內山先生？請！」

她要秀樹進去裡頭，然後對櫃檯的女孩說，「第二諮詢室。」田崎三十七、八歲左右吧。灰色條紋套裝，黑色長襪。淡褐色及肩波浪髮型，口紅好像是剛塗上的，濕潤光亮。前襟一條紅色領巾，鞋子是同樣顏色的無帶輕便女鞋。因為是律師，想像中會是更年長、素氣服裝的女性。對不起，這是一點小意思。秀樹把咖啡禮盒遞過去。啊，好，好。田崎這麼說，把禮盒交給櫃檯的女孩收下。

「把援助機構的電話號碼給她了，但她還沒有聯絡那裡。是這樣是嗎？」

進去諮詢室後，田崎戴上無框眼鏡，請秀樹坐下。四坪大的房間，角落一大片玻璃窗，感覺很不錯。窗外可看到摩天大樓的壁面，閃亮在午前的陽光裡。

「是的。現在我應該怎麼做好呢？」

秀樹這麼說後，田崎摘下眼鏡，拿面紙擦清楚。

「內山先生。這件事和幼兒或兒童受虐不同，因為被害者是成年女性，基本上，當事人不提出援助要求的話，是沒辦法的。」

「這我瞭解，不過是這樣的。看到她時，她的臉腫得很厲害，而且精神有點虛弱。那種情況的話，我想她恐怕是沒辦法憑自己的力量逃出來或請求援助。」

「就算這樣，當事人如果不申訴自己受到暴力，不是自己的意思決定逃走尋求保護的話，我們什麼也幫不了的。民間的援助窗口一定會確認當事人是不是有離開家裡的想法。這個不知道的話，講來講去還是同樣的話而已。」

「這麼說來，我沒辦法救她是嗎？」

田崎把手裡的鉛筆放桌上。

「內山先生，我處理過很多跟配偶暴力有關的離婚官司。因為這樣，和公家機關或民間窗口的人都互有聯絡。」

田崎抬起頭看著秀樹。那樣的眼神是之前沒有的。不是冷淡、不是冰冷，也不是拉起一條障礙線。只是徹底地沒有親近感。

「或許這樣講有點失禮，但讓我坦率說好嗎？要不講來講去會沒完沒了。」

是，秀樹回答說。

「內山先生對那位女士的立場，和配偶暴力的加害者很像。」

秀樹心裡一驚。對她這麼說感到吃驚，也對自己的反應感到吃驚。是這樣嗎？終於瞭解了，秀樹心想。感覺一直隱藏著的東西現出身影了。

「我不知道這樣說，您能不能瞭解，但姑且說出來。配偶暴力這種事，不是救或被救就能解決的，瞭解嗎？我們假定，經由您的幫助，讓那女士逃出來了。也就是說，在暴力發生時，您叫了警察來，您作證，然後讓那位女士逃到某個緊急收容所。這樣的話，她百分之百會回到加害者身邊的。因為她其實並沒有離開那個家的打算，或是她沒有忍受孤獨的力量。不管是結婚還是同居，女性要離開那個家，不是那麼簡單的事。

大家都會說，被打得那麼慘，為什麼不逃走呢？但不要忘記，那裡是她的家。那個家之外的生活，不是那麼容易想像的。離家遠去的概念，很難在她心裡形成。因為經濟上被加害者控制著的情況很多，有的人連坐電車的錢都沒有。所以說，離開家這件事不能是因為別人的指使，得她自己有離家出走的自覺才行的。」

像是在說我的事。藺居？為什麼不出門呢？老待在家裡也很無聊吧。一般人都這麼說。但是家裡以外的生活，不是那麼容易想像。甚至可以說無法想像。因為無法想像家裡以外的生活，所以藺居族閉鎖在家裡。因為別人的指使而離開家裡是不可能的。

「抱歉，這麼說有點失禮，但在您的心裡，救出那位女士後，您有和她一起過日子的慾望嗎？」

聽到田崎這麼說，感覺喘不過氣。喉嚨好像塞住什麼，想吐出來卻吐不出來。沒有這回事，想這麼吼卻吼不出來。這裡不是家裡，是律師事務所。田崎不是爸媽，是別人，一吼的話就完了。和Yuki一起過日子，這種事沒想過。不，是自己認為沒想過。Yuki能脫離暴力就好了，自己是這麼想的。但被田崎指出來後，自己的心情顯露出來。我一直想像和Yuki緊握雙手的情況。從四個圓洞持續監視著，腦海一直浮現Yuki的小腿和臀部的線條。秀樹感到一種像是被田崎扒光衣服看著的羞恥感。

「這樣的慾望是有。」

秀樹如此回答後，田崎露出意外的表情。

「假定您和她住一起，您會對她施暴的可能性是很大的。就算不住一起，也還是一樣，那時您會不斷打電話或跟蹤之類的。」

兩隻胳臂起雞皮疙瘩。並不是想像自己毆打Yuki的情況而起雞皮疙瘩，而是想到Yuki腫脹的臉和嘴唇。

「想拯救女性這件事，是配偶暴力的第一步。想拯救的這種思考，出乎意外地很容易和暴力產生關連。因為並沒把對方看成平等的人。在平等的人際關係裡，不會有那種想拯救的慾望。她是可憐的人，所以我得救她。沒有我的話，她會一直不幸下去。沒有我的話，她是沒有希望的。有我的話，她活得下去；沒有我的話，她活不下去。

會有這種想法，是因為有支配別人的慾望。在這種慾望下，從『沒有我她活不下去』的想法變成『妳這女人是什麼態度』的跋扈，只是時間問題而已。想要拯救他人的慾望和想支配的慾望，其實是一樣的。有這種慾望的人，很多也是自己受傷很深的人。這種人，把拯救對方當作拯救自己。但他的內心深處卻認為自己是不可能得救的，幾乎都是這樣。自己無法得救的這種想法，會變成對別人的依賴。」

在窗戶貼著黑紙的那個房間，好幾百次、好幾千次一再自問自答。我救得了Yuki嗎？怎麼做才救得了Yuki？為什麼會想救Yuki呢？答案只有一個。Yuki應該是要我救她的，Yuki應該是在等著我去救她的。一再自問自答之際，秀樹的意識彷彿在迷宮裡的歧路。亂七八糟的意識如同雜樹叢生、葛藤糾纏的原始森林，在那種意識的空隙間，田崎的話語闖了進來。偽裝被拿掉，一直隱藏的東西暴露出來。聽著田崎的話，身體這裡那裡痛了起來。對這個人，什麼也無法隱藏。這麼想時，秀樹意識到自己流著眼淚。

「就談到這裡吧。」

田崎把眼前的書合起來。「請等一下。」秀樹請求正要站起來的田崎。

「對不起，沒有什麼我能再替她做的是嗎？」

田崎思考著。是那樣的表情：這個年輕人能忍受得了實情到什麼地步呢？

「內山先生被誰救過是吧？」

田崎的口氣改變。浮現淡淡微笑。為什麼會問這個？

「自認為沒被救過的人，不像您是誠實的。那種人一定會否認、會說謊。內山先生，您有被誰救過的想法不是嗎？」

「有。」

秀樹說。

「是我媽媽。」

媽媽定期到精神醫師和諮商人員那裡，為什麼那樣，並不瞭解，但她說過，心情變輕鬆了。

「您的母親是嗎？」

「對。」

「您母親有跟誰說想救您，或者說要拯救您，然後硬要把您帶到哪裡嗎？」

「沒有，沒這麼做。相反地，變得不再干涉我。」

「您母親是怎麼做，而救了你的呢？」

「不知道。」

「您母親為了您，在和許多人商談後，自己變成能獨立自主了不是嗎？親人的自立，拯救了身邊的人。變得能自立，一個人生存得下去，只是這樣，結果拯救了身邊的人。」

秀樹腦海浮現母親的臉。說「別動手」時的臉；說「肚子餓的話，我弄點什麼給你吃」那時的臉；今早送我到玄關，說「路上小心」那時的臉。秀樹潸然淚下，無法停止。此後我該怎麼辦？自己問著自己。答案很明顯。要變成有辦法自立，變成能一個人生存下去。只有這樣，變成一個人生存得下去，才能救助親近的人。

知美

中午較晚的時候和近藤吃午餐。吉祥寺站附近一家歷史悠久的西餐廳，在南出口的商店街。耶誕節前一天吃的是午餐而不是耶誕晚餐，或許有點奇怪，但晚上得回家。今天晚上，爸爸或許會回來，媽媽這麼說。

「還不是很確定，但妳爸爸說或許會回來。因為是耶誕節，我想秀樹也會高興的。」

「知道了。我也有話要跟媽媽說，爸爸回來前留一點時間給我。」

因為這樣，所以沒辦法和近藤吃耶誕夜大餐。電話中跟近藤這麼說，一點也沒關係喔。他回答。

「吃午飯也可以。」

「去義大利的事，今晚，我爸爸回去前，想先跟我媽媽談談看。」

「這也許是個好主意。那麼，我今晚就工作了。」

「耶誕夜工作嗎？大家都是參加派對什麼的，歡樂一下的呦。」

「和大家不一樣也沒關係。」

牆壁掛著很多油畫的西餐館。熱熱甜甜的餐後酒只喝了一杯。是紅色的餐後甜酒裡加了水果乾的熱飲。好像是德國和北歐的耶誕節飲料。餐點是耶誕套餐。燻火雞、香草生菜沙拉，還有燉小牛肉。

吃著飯後甜點的冰淇淋時，知美把耶誕禮物遞給近藤。耐熱的皮手套。因為想到近藤的手套破爛不堪，這裡那裡都是洞，熔解白金時不安全。近藤「哇——」一聲，很高興，馬上在餐廳裡戴了起來。「這個太好了。」然後戴著手套把綁著緞帶的小盒子遞給知美，「這是我送妳的。」打開一看，百合形狀的銀胸針，花梗上刻著my dearest Tomomi的文字和日期。世上獨一無二的胸針，知美心想。

「知美，要是今晚妳家人反對的話怎麼辦？」

「我沒想到那樣的事。」

知美這麼一答，近藤笑了。

「以前我說要成為珠寶設計師，我老媽說，你那樣說，要失敗了怎麼辦？就是說，如果當不了珠寶設計師的話，要怎麼辦？不過，我沒考慮到那樣的事。因為一心想當珠寶設計師，所以無法想像當不成要怎麼辦。」

「我想我媽應該會贊成的。嗯，說贊成還不如說是沒辦法。問題在我爸爸。不過，就算反對，也沒辦法把我綁起來，關在家裡吧。也不可能硬拉我上車，載我到大學，叫我參加考試吧。到現在為止，沒想過那樣的事。如果無論如何也想做的事，擋也擋不住不是嗎？當然，犯罪之類的是另一回事。譬如說，只是譬如說，如果我真的想學家具設計的話，誰也阻擋不了不是嗎？」

「說阻擋不了嘛，其實阻擋了也沒意義是吧。我哪天也會去見妳爸媽的。」

「謝謝！不過，在那之前會決定好的。」

如果反對我去義大利的話，怎麼辦？知美其實想過的。爸爸應該會反對。和一個哪裡冒出來都不知道的二十八歲男人一起去義大利、一起住，而且也不是要結婚，是要一起去學義大利語。爸媽會覺得無法理解吧。

決定要去義大利後，買了義大利語會話的書和介紹許多義大利家具的雜誌。去義大利後，要看更多的義大利家具。是不是要學家具設計，還沒決定。不過設計的學校似乎很多。去了義大利，最先要學會義大利語，然後一個人到餐館，用義大利語點義大利麵和蛤蜊麵，大吃一頓。至於要念什麼，那之後再說。

爸爸會反對。不過，如果我不想改變心意的話，要怎麼對爸爸說呢？因為上大學的錢不需要了，希望能把那些錢用在去義大利，我可以這麼提議。沒辦法出那樣的錢，爸爸會這麼說吧。那麼，把錢借我，我會這麼說。我會寫收據，以後自己能賺錢時再還。

「二月去是嗎？」

「對。所以知美畢業沒問題的，雖然也許沒辦法參加畢業典禮。」

「語言學校的學費多少錢呢？」

「大概是一個月四十五萬里拉吧。」

「那是多少日圓？」

「兩萬三千元左右，差不多那樣吧。」

「很便宜呢。」

「是國立的嘛。私立語言學校的話，一個月也要五萬元吧。」

「津田塾這些學校的話，你知道要多少錢嗎？」

「一百萬左右嗎？一年。」

「差不多是那樣。」

「沒辦法是吧，其他東西也很貴。」

爸爸會堅持到底，要我上大學吧。那我就跟他說，證明給我看，上大學的話，就能獲得充實、幸福的人生。爸爸證明不了吧。因為是我的人生，他要怎麼證明？想想也很奇怪，不知道要怎樣才能過著充實人生的這些人，卻提議孩子要做這做那。最後準備好要說的是，「我不是為爸爸活的。」但希望盡可能不用說到最後這句話就能把事情解決。

昭子

看到頭髮梳得整整齊齊，穿著羊毛上衣，早上七點半準備出門的秀樹，昭子嚇了一跳。說要借一萬塊，但昨天忘了領錢，錢包裡只有九千元。秀樹說要去和律師談柴山毆打太太的事。聽秀樹提到柴山的名字，有片刻的不安，但想想，律師沒道理叫人去犯罪。

「別擔心，媽媽，我不會做觸法的事。我讀了很多本書，所以想說，能不能在法律許可的範圍內，救救那位太太。」

秀樹要出去前這麼說。昭子吃了一驚。秀樹那樣的話、那樣的口吻，是這幾年沒聽過的。

「喂喂，是你嗎？工作中打電話去，對不起。」

十二點多打電話到秀吉手機。應該是午休，但響了許久沒人接。昭子心想是不是打錯號碼。然後傳來的聲音也怪怪的。十二點多總是在公司附近的餐館或蕎麥麵店。出外勤時，這時間大致是在麥當勞或「全家餐館」，會聽到很多人的吵雜聲。但電話另一頭很安靜，還聽得到像是鳥叫的聲音。

「喂。」

秀吉終於出聲了。是怎麼回事？平常接電話時，總是「喂，我是內山。」那種似乎很忙碌的聲音。今天的聲音卻像是另一個人，有氣無力地。「你還好嗎？」不禁這麼問。

「啊，沒怎樣喔。現在在外頭，怎樣？」

「今天晚上，能不能回來一下？」

秀吉沒出聲。呼吸聲聽得到，像是喘不過氣那樣。

「你怎麼了？」

「沒怎樣喔。嗯——，今天晚上嗎？怎麼突然要我回去？」

「是耶誕節啊。另外，也有點事想跟你說。」

昭子決定加入田之倉她們的非營利組織。她想得到秀吉的同意。因為光是參加諮商和心理學的講習課程，每個星期就得花三十個小時以上。每個禮拜最少得出門四天。不過，每個月有五、六萬的薪水，可以請人來家裡輔導秀樹，對知美的學費說不定也有幫助。

在田之倉和大岡的建議下，上了一次精神保健福祉中心的心理學講習，沒想到是那麼有趣。內容是關於青春期的實例，昭子一邊想起和國、高中時期的秀樹的互動，同時覺得像石頭那樣積在心裡的疑問也自然消失不見，有種舒暢的感覺。

「喔，這樣，是耶誕節啊。」

秀吉像是在喃喃自語。

「你現在在哪裡？」

又是一陣沉寂。沒有聽到人聲。是水鳥嗎？呱——呱——的聲音，一直叫著。

「在外頭，有點累，所以在公園休息。我知道了。晚上得加班，不過抽得出時間的話，我就過去一下。那就這樣。」

電話切斷。是發生了什麼事？這麼冷的天氣，一個人去公園裡。這麼一想，這兩個禮拜都沒去小手指。雖然其間打過幾次電話，秀吉都說忙，一下就切掉電話。

抽得出時間的話，就過去一下。平常不是這種說話方式的人，就像是沒在聽人家講話一樣。

知美準備外出。拿著一個像是耶誕禮物的東西。跟她說秀吉說不定會回來，所以晚上要回家。

「我也有話要跟媽媽說，爸爸回來前留一點時間給我。」

在玄關前，知美這麼說。寒假後，外出變得多了起來。有在準備入學考試嗎？記得也是差不多這時候的季節，秀樹在準備入學考試，對他說了聲「加油喔！」結果把盛著拉麵的碗公摔在地板上。孩子會用各種方式傳遞信號給父母，在秀樹摔拉麵碗之前，我一直沒注意到他的信號。

據說第二反抗期，自我會抗拒父母和周遭的人所規定的角色。秀樹反抗後把自己關起來。比起知美，或許秀樹還比較容易瞭解。知美從以前就是讓人不瞭解她在想什麼的小孩。秀吉常說，像極妳了。讓人感到意外地，有時也覺得或許真的很像。知美從小時候起，不喜歡聽從別人的指示，就算是爸媽的也是。國中二年級時，成績突然變差。不管講了多少次要她念書，總是回答「好——！」但卻只是在房間裡看漫畫。然後有陣子不管她，沒叫她念書後，她自己一股勁地拚命念，結果成績在整個年級裡是前幾名。

昭子認識延江後，變得後悔自己怎麼沒在年輕時，找個自己喜歡的工作。短大一畢業沒多久，就和秀吉結婚，然後很快就有了小孩，那是不是為了要從「自己想實現什麼呢」的思考逃避呢？

昭子看看家裡。樓梯還有血漬。只有自己一個人在這家裡，是很久沒有過了。知美遲早會離開這個家吧。依她的個性，或許會說，就算得打工也要一個人住外頭。感覺秀樹不久也會離開家。看到今早的秀樹，有這種感覺。

兩人都離開後，我和秀吉在這個家一起生活嗎？在這個家死掉嗎？這麼想，不禁打個寒顫。並不是希望離婚，也不是想和延江結婚。不是討厭秀吉或不喜歡和他在一起。那位諮商員大岡曾這麼說過：只是和他人的邂逅，就有可能是另一個人生。並不是對這個家有什麼不滿，而只是想探尋另一個人生的可能性。

「這是現在開始要尋找的。」

秀吉離開家裡那晚，知美在電車裡這麼說。那時不知為什麼，心想這個孩子沒問題的。十八歲的知美尋找自己的人生是理所當然的。四十二歲的主婦呢？

秀吉

從確定被解僱後，才體會到，自己沒有一個能商量未來的人。一定要說有的話，是立花。不過，雖然同樣是被解僱，年齡畢竟不同，就算談再就業的事也不會談得很投機。立花也沒去過就業服務中心，公司理由的解僱是不是真的對再就業不利，他也不知道。所以，只是兩個人一直在那邊談，也漸漸累了起來。

遲早得和家人說。這樣的巨大壓力是最難受的。在這種時候離開家人一個人過活，是什麼樣的運氣呢？如果是和家人住一起的話，我恐怕會忍受不了吧。昭子馬上會感覺到，是有什麼事發生了。就算問我怎麼了，我也回答不出來。到離職前，被裁員的中高年人，在公園裡踱日子的那種心情，現在瞭解了。

確定解僱一個禮拜後，秀吉開始計算了起來。在公司和在家裡都拿著記事本和計算機一直算。退職金、失業保險給付、存款加起來，今後能允許多少支出、還能繼續付多久的房貸？房貸到底還剩多少並不是很清楚。但不能去問銀行。銀行應該還不知道自己被解僱的事。如果問房貸餘額的話，說不定會起疑心打電話到公司。反正也不需要很正確的數字。問題只在於，家計大概什麼時候破產。

會計說，退職金是最後薪水的二十五個月份，公司理由解僱的話，好像會另外補貼三個月。現在薪水是四十萬，那麼退職金大概就是一千萬加上一百二十萬的一千一百二十萬。失業保險給付的話，投保人四十九歲，保險期間超過二十年，所以給付大約是薪資的六成，付三百天。換算成每個月的話，大概是每個月二十五萬，支付差不多十個月。另外有存款四百萬。知美上了志願的大學後，入學時的費用是六十萬，一年的學費大約一百萬。房貸一個月十八萬，有年終獎金時三十萬。繼續付房貸的話，知美能上幾年的大學呢？

家計現在平常已經是透支，一直多多少少在挪用存款。八百萬左右的存款，現在只剩四百萬。一年兩百萬的赤字。加上知美上學的費用，每年會有新的四百萬赤字。加上到現在為止的赤字的話，是六百萬。存款加退職金大約是一千五百萬。

簡單想也知道，沒辦法讓知美上四年的大學。收入減少的話，存款恐怕很快就會越來越少。就算最大限度控制支出的話，兩年，不，一年半家計就會破產。沒找到工作的話，會破產得更快。說不定連一年都撐不了。

房子和土地是大約四千四百萬買的。頭期款八百萬，剩下的三千六百萬分成二十五年的房貸。二十五年期間，包括利息在內，每年得付兩百四十萬。腦海記得這件事，感覺像是要昏過去似地。如此已經付了十二年。房貸大約還剩兩千五百萬。現在房子能賣多少錢呢？在公司上網查了一下同樣條件的房子買價是多少。差不多是兩千八百萬。賣價好一點的話，是兩千萬。這樣的話，沒付的房貸還有五百萬。從退職金和存款加起來的一千五百萬扣掉，是一千萬。就算賣掉房子，也只剩一千萬。租出去的話，租金每月可收十五萬到十八萬左右，算十六萬的話，一年一百九十二萬。就算增加了這筆收入，還是不可能繼續付房貸。

秀吉買了住宅情報雜誌，找八百萬左右的房子。比較便宜的是在千葉縣。八代市有六百九十萬的中古三房一廳公寓，但大小只有現在的一半不到。埼玉的話，春日部那邊有八百萬的中古獨棟。狹山的富士見有八百三十萬的中古獨棟。日鐵五日市線的熊川有六百八十萬的房子。千葉的花見川，有六百五十萬的物件。川口有六百九十萬的物件，不過是九坪的套房。狹山台有七百萬的物件，但又遠又小。秀吉計算了一次又一次，試著要找出能像目前為止一家四口過日子的方法。開始計算以來，睡眠減少了。有時也會假設各式各樣的新工作，一整夜算了又算。

醒過來，卻爬不起來。身體很沉重，覺得肩膀和脖子好像有鐵板壓著。只是拿一下枕頭邊的手機，就好像衝上車站樓梯似地喘得很厲害。調整了呼吸後，打電話跟公司說今天請假。接電話的是業務部那個叫前川的女孩，態度冷冷的。或許是自己太敏感，但一直覺得介意，閉上眼睛還是沒法再睡著。就那樣腳塞進電暖桌裡，動也不動。枕頭邊散亂著計算的紙條。看到記事本裡密密麻麻並排陳列的細小數字，覺得頭暈想吐。

穿西裝打領帶，拿著公事包走到車站。想搭開往市內的車，然後想起已經打過電話跟公司請過假。中午十二點。月台的鏡子照出自己的臉。兩邊眼角有眼屎，用手指擦掉。沒刮的鬍子有線碎似的東西纏繞著。頭髮雖然梳了，但看來是忘了洗臉。對面月台停著從這裡發出的狹山線電車，坐了上去。

很冷的天氣，寬闊的湖畔一個人也沒有。自行車道也沒人影。坐在步道旁的長凳時，昭子打電話來。聽到昭子的聲音那一瞬間，心想這女人是誰？似乎今晚是耶誕夜。昭子說，有事要談，能不能晚上回去一趟。大衣的口袋有一張計算過的紙條。一千兩百萬、四百萬、二十五萬乘十。已經默記在心裡的數字並列著。房貸沒辦法繼續付。過於龐大的債務怎麼也還不了。公司就是這樣的。

靠退職金和失業保險給付，最多也許能撐一年半。但也只是慢慢走向破產而已。存款會不斷加速減少。和現在為止相比，幾乎等於是沒有收入一樣。和公司一樣的命運。因為有無論如何也還不了的債務，所以秀吉的公司慢慢死亡。破產一天一天逼近，然後有一天，銀行會打電話來。

秀吉完全不覺得冷。身體的感覺好像麻痹了。水邊有鴨群，野鴨和斑嘴鴨。以前還住花小金井時，和家人來狹山湖賞花。秀樹上小學，知美幼稚園大班。有斑嘴母鴨和小鴨在那裡，知美很高興。昭子穿著淡藍色的薄大衣，像是有霞光似的天空顏色。眼前彷彿晃動著那件大衣，一種奇妙的感覺。秀吉把腳邊的公事包拿起來放膝上。升了次長的紀念，在伊勢丹買的德國製公事包。「這個太貴了。」但昭子勸說，沒關係的，這個價錢，還好不是嗎？畢竟你忍受同一個公事包，都快二十年了。從公事包拿出塑膠筆盒。昭子的水色大衣彷彿在眼前晃動著，奇妙的感覺持續。秀吉把左手腕的錶帶挪挪，右手握著筆盒裡拿出來的美工刀。刀刃在左手腕輕輕劃過。先是什麼也沒發生，但沒多久手腕出現一道黑線，血慢慢滲出。

嗯，這樣不行，秀吉喃喃說。刀刃沒有割到血管。這麼一想，想起秀樹也割過腕。秀樹曾拿刮鬍刀片抵著左手腕，說「我要死！」昭子臉色蒼白呆在那裡。我那時吼說，「要死就去死！」秀樹馬上往手腕割下去。傷口不深，很快就把血止住。而現在想死的是我。這麼想時，身體輕輕抽搐了一下。忽然思考到一件事。

他那時不也像現在的我一樣難受嗎？心裡有誰也無法訴說的痛苦不是嗎？得好好跟他道歉一次，秀吉心想。現在死在這裡，就沒辦法道歉了。左手腕慢慢流出血來，不痛不癢，感覺麻痹了。覺得外界和自己被切離。像現在這樣的話，要從月台跳下去讓電車撞死很容易。大家都是這麼尋死的吧。有向誰都無法訴說的事，或是自己一個人怎麼也無法解決的事，一直都這樣的話，感覺會變得麻痺，然後沒辦法感觸、沒辦法思考。公司也是這樣。公司的過錯是，一直把事情隱瞞著。我最無法原諒的是，完全沒讓我知道。就公司來說，或許也是有口難言吧。被解僱的事，我也是對家人說不出口。但是，就這樣隱瞞著死去，豈不是變得和公司一樣嗎？

得跟他們說，被解僱了，得賣掉房子，知美上大學的錢出不了。得跟昭子、秀樹、知美說才行。這麼喃喃念著，秀吉拿出手帕，壓住手腕的傷口。

秀樹

媽媽在廚房做菜。砧板上一大塊肉，用繩子綁著。

「在做什麼菜？」

「烤牛肉。因為是耶誕節。」

媽媽，等下有事要跟妳談。這麼說後，「好，知道了。」媽媽露出笑容。

「啊，秀樹，今晚你爸爸會回來一下喔，耶誕節嘛。」

「喔，太好了，剛好也有事要跟他說。不過和老爸說之前，想先跟媽媽談談。」

「好啊。」

秀樹回到自己房裡後，先把相機從窗邊的三角架拿下來。這相機和三角架，決定拿去網拍。對學費和生活費用多少有幫助吧。老爸的公司現在情況似乎很糟。讓他幫忙出的錢，得盡可能少些。為了參加司法考試要上的專科學校，兩年的學費差不多一百二十萬。

要離開田崎的諮詢室時，跟她說，自己對律師的工作感興趣。

「配偶暴力防治法讀了差不多五百遍，思考了不少事。」
「思考了什麼呢？」
「法律規範著我們的生活，卻不夠清楚。」
「怎麼說呢，所謂法律，也是有很多種。」
「我已經二十一歲了，現在開始念的話，能成為律師嗎？」
心想或許會被她笑，但還是橫下心問了。田崎沒有笑，表情認真地說，「我是二十六歲時才想當律師的喔。」
順便去書店，查了一下專門準備司法考試的專科學校。大致都是念兩年，第一年每週上課兩、三次。其他時間用來打工或念書都可以。
把相機從圓洞拿開，放進盒子裡後，秀樹把窗戶的黑紙剝掉。製圖紙是B1大小，用長圖釘固定住的。圖釘釘進窗櫺比較深，用手指看來是拔不了，所以用扁頭的螺絲起子。把螺絲起子的前端插進圖釘和窗櫺之間，撬起圖釘頭，再用鉗子拔出來。幾乎每隔三公分就有一個圖釘。秀樹一個一個地小心拔出來。四個圓洞在眼前。窺看一下，柴山家的窗簾全都拉上著。

知美

回家路上買了一棵三十公分高的小耶誕樹。進到家裡，聞到很香的烤肉味。媽媽在做什麼特別的菜。進廚房一看，哥哥和媽媽隔桌對坐在談話。知美走過去，兩人就沒說了。把耶誕樹放桌上。哥哥今天整齊乾淨，刮了鬍子，頭髮三七分，已經好幾年沒看到這樣了。哥哥和媽媽在談的，似乎是很嚴肅的事。

「媽媽，等下也有事跟妳說。」

這麼說後，正打算上二樓，「現在講比較好喔。」媽媽說。

「啊，我的事差不多講完了，那我閃到一邊。」

沒關係喔，在也沒關係。哥哥聽到也無所謂，只是近藤以前是繭居族這件事，有點擔心哥哥聽了不知道會有什麼反應。然後知美把和近藤交往的事，一一都說了。

「雖然有點擔心，但如果知美很想去的話，也只好這樣了。」媽媽說。

哥哥沒反對也沒贊成。聽到近藤以前是繭居族時，他只是「喔——」一聲而已。

昭子

秀樹和知美說想搬出去。秀樹說想去念法律，也說了和律師談的事。還想去當配偶暴力受害者援助機構的義工，秀樹說。

「像神經病一樣拚命打電話，不過也因此認識了好幾個人。看來他們是人手不夠，所以想說應該能幫上什麼忙。」

知美的事，聽了嚇一跳。但是反對的話，她會離開家裡吧，那反而更讓人擔心。先前也是，秀樹說他要走開讓我們談，知美卻說，在也沒關係啊。原以為秀樹如果沒注意就坐那邊，她會叫他走開。叫做近藤的男子，原本是繭居族的。光是克服了繭居，昭子就對他有好感。當然不是說繭居的人每個都一樣，但要克服繭居並不容易。知美說近藤哪天會來拜訪一下。他是怎麼脫離繭居的呢？問了知美。

「說是家訪輔導人員幫助的。然後想要當珠寶設計師。」

雖然相當猶豫，但昭子還是跟他們兩人講了自己的事。想在繭居族家長會那個非營利組織工作的事，還有想離開家裡的事。

「不是想和你爸爸離婚什麼的。想先回板橋你們阿嬤家，那裡媽媽的房間還在。想在那裡看看書，學習學習。想想自己的事。」

「老爸會怎樣呢？」

秀樹這麼說。

「讓爸爸去決定就好了。總之，這是夫妻的問題嘛。」

知美這麼說。

「秀樹和知美，還是希望媽媽和爸爸一起過活？」

「能的話。」

知美說。

「不過，我想看媽媽快樂地笑著的樣子。」

那是秀吉離開家裡那天，昭子在電車裡說的句子。「這話好像在哪裡聽過呢！」這麼一說，知美笑了。

秀樹呢？

「我不太清楚老爸和媽媽之間的事，能的話，希望你們處得好。但是，我想最重要的是，要變得有辦法一個人獨立生活。」

秀樹這麼說。

秀吉

先回去一下小手指的公寓，處理手腕的傷。讓家人看到手腕包著繃帶，或許很難為情，但也沒辦法。把散亂在枕頭邊的計算紙條全都收拾好，丟進垃圾桶。紙條至少有五十張，列出來的幾乎都是同樣的數字。其中一張紙條是假定找了一個月薪十七萬的工作，然後償還房貸的計算。真的是很好笑。不過，光是能知道這事也是好的：不賣房子的話，結果只是慢慢走向破產而已。

要離開房間時，考慮著今晚是要回來這裡呢，還是在西所沢過夜？昭子完全沒談到這件事，但現在打電話問也是奇怪。不過，大概還是會回來這裡吧。得賣掉房子、知美沒辦法上大學。講了這些事情後，如果還待在那裡，一定會如坐針氈吧。

到了西所沢，想打電話回家，但想想還是算了。回到家裡前，如果聽到昭子的聲音，說不定決心又會動搖。四十天沒回來了，走在站前商店街，心裡這麼想著。花店裡擺著一盆盆的聖誕紅。這種時候，買這種東西過去，會奇怪嗎？「歡迎光臨！」年輕女店員這麼招呼，秀吉於是買了聖誕紅。提著塑膠袋，從裡頭冒出濃綠和赤紅的葉子。

來到家門前，秀吉害怕了起來。一樓的燈亮著，裡頭傳出細微的說話聲。好像聽到女性的笑聲，是知美吧。知美現在在家？過去兩年的耶誕節，知美都是和朋友在外頭過的。為什麼今年會在家呢？很難對知美直接說出口，先跟昭子說，然後再讓她跟知美說。

現在傳出來的好像是秀樹的聲音。他在一樓和昭子、知美在講話嗎？想到昭子有說，秀樹對今晚的事也很高興。一直站在家門口的話，鄰居會覺得奇怪。秀吉繞了屋子一圈。車庫裡是本田的輕型客車，這輛車終歸也會賣掉吧。柴山家沒有燈光，Audi不在，是因為耶誕節，到外頭吃飯吧。像柴山這樣的傢伙，不會被解僱。就算被廣告公司炒魷魚，靠著父親的關係，到處都找得到工作。被解僱、拋開家庭，那樣的事，像他那種階層的人，一輩子也無法體會的。

還是沒辦法按玄關門鈴。從廚房的通風扇飄來香味。昭子在做什麼菜呢？在等著我回家嗎？我一說出來後，大家都會吃不下飯吧。菜會冷掉。但更悲哀的是，以後四個人要在一起吃飯也很難了。沒辦法四個人住一起了。秀樹要怎麼辦呢？家被賣掉的話，藺居族會怎樣呢？有這樣的收容機構嗎？秀樹會發脾氣嗎？不管他怎麼生氣，今天在狹山湖思考的事，也一定得跟他說。秀吉的手指伸向門鈴。不行，怎麼也沒辦法進去家裡。

秀吉忽然抬頭看秀樹的房間。從窗戶看去，隱約可看到走廊的燈光。他把黑紙剝掉了。以前從公司回來，這麼抬頭看秀樹的房間時，覺得貼在窗戶上的黑紙像路障或柵欄。簡直就像誰都不在的房間。秀吉望了一會剝掉黑紙的窗戶，然後按了門鈴。

家裡很暖和，身體的緊張消失。要能這樣洗個澡，然後喝著啤酒和大家一起吃耶誕大餐該有多好！

要洗澡嗎？昭子這麼問。但不能等洗完澡、換了衣服之後才說。聖誕紅放在玄關的鞋櫃上。

餐桌上放了一棵小小的耶誕樹，好幾樣菜已經擺上桌。香檳酒杯也準備著。喝酒祝福後，會說不出口。原本只想跟昭子說，但秀樹和知美也在。秀樹和知美似乎有事要跟我說。知道沒辦法上大學後，知美會哭嗎？三個人詫異的表情看著我。

「我被解僱了。」

三個人倒吸一口氣，看得出來。

「然後，已經做了最後決定，請你們聽我說。現在爸爸要講的，是經過思考再思考，沒有其他辦法的決定了。」

昭子似乎想說什麼，但秀吉制止她。

「抱歉，先讓我把話說完，然後會聽大家的意見。失業保險給付、退職金，再加上存款，還是付不了這個房子的貸款。還有，知美，請原諒，妳的學費也出不了。」

知美瞪大眼睛，楞在那裡。

「我打算賣掉這房子。房子是在泡沫經濟時買的，所以就算賣掉，和房貸相抵，還是負債。從退職金、存款扣掉負債，手邊還剩一千萬左右。這一千萬交給媽媽管理。昭子，很抱歉，不過能不能帶知美和秀樹到板橋媽媽家住？我會馬上找新工作，但老實說，什麼時候能再四個人一起生活，很抱歉，現在完全沒有概念。」

三個人面面相覷點點頭，和聽到我被解僱時的表情很不一樣。回到家之前，腦海裡一直想像著三個人的反應。知美哭泣，臉色陰鬱的昭子抱著她的肩膀，秀樹怒罵，動手打了過來。秀吉一直道歉，終於誰也沒再說半個字。總之，慘不忍睹的場面，然後是如坐針氈的沉默。但是，這是怎麼回事呢？三個人的反應和預想的完全不同。「是嗎？」秀樹看看周遭，喃喃說，「這樣嗎，這房子要賣掉是嗎？不過，也只好這樣了。」簡直是放了心的口吻。難以相信的是，昭子微笑著。終於，像是代表三個人發言似地，知美說：

「爸爸，沒問題喔。」

終章

昭子

秀吉不好意思，但高興地說：

「是我的家人。」

知美二〇〇二年二月去義大利。剛到一段時間，常有電話來。不到一個月後，幾乎不再打電話了。和近藤那個男人，在吉祥寺站的咖啡店見面。又不是結婚的事，秀吉卻很緊張，中間好幾次起身到廁所。三個月的初級義大利語課程結束後，近藤去熱內亞念珠寶設計，知美留在佩魯賈，說是想多學點義大利語。寄來的風景明信片上說，在咖啡館認識了一個做家具設計的義大利女性，有時也會去她的工作室晃晃。古老街道的漂亮明信片。

暑假時，我去了佩魯賈。知美和一個韓國室友住在新市街的現代公寓。她來羅馬接我，然後兩人坐火車到佩魯賈。去義大利當然是第一次。離開都市不久就看得到羊隻成群的山丘，山頂有中世紀的古城，那種美讓人感動。參觀完市內後，知美帶我去據說是世界第一美味的窯烤披薩店。韓國室友是二十六歲的聲樂家，知美和她流利地用義大利語交談。知美不久後要開始在家具工作室打工，說哪天會做椅子給媽媽。

秀樹在二〇〇二年三月離開家裡。學校在九段那邊，但在目黑租了公寓，因為那裡比較靠近配偶暴力援助機構。四月起開始在專科學校上課，但初夏時一度遭遇挫折，被同校一個女孩甩了。情緒非常低落，常打電話來。「看來我對女人的眼光實在不行。」還說和甩了他的女孩在同一所學校上課很難受，不過看來沒有打算放棄法律的學習。暑假也在法律事務所打工當事務員。我邀他一起去義大利，但他拒絕了。「哪天會用自己的錢去，如果知美那時還在義大利的話。」

平均起來，大約一個月和秀樹見一次面。有時會去秀樹住的地方，在那附近吃飯，有時則在新宿或涉谷碰面。才半年而已，秀樹整個改變了。大概沒什麼人會知道秀樹曾經繭居過。不過，我想是秀樹繭居的時間相對較短，所以能在短時間內重新適應。

原本只想在繭居族家長會的非營利組織打工，結果卻變成全職的工作。聽著繭居族家長的話，心想這是所謂社會融入的限制。譬如在全家餐館和其他速食店，或報社營業處等地方打工的話，對沒有社交能力的年輕人是痛苦的。那裡必定有團體，所以一定得學習融入其中的技巧。但光是融入團體的技巧這方面，對他們就不是有利的生活方式。繭居的青年，為了要融入團體，一再遭受挫折，結果繭居的時間變得更長。

秀樹融入社會的方法和在全家餐館打工不一樣。準備司法考試的專科學校裡，因為很多是已經踏入社會有工作的人，所以完全沒有居酒屋或卡拉ＯＫ的聯誼。那真是幫了大忙，秀樹說。我沒和配偶暴力受害者援助機構的人見過面，但她們和那些帶著小孩聚在公園裡的媽媽團體應該不一樣吧。應該是和家長會非營利組織比較類似。如果是在全家餐館打工的話，秀樹會遭受挫折吧。

在知美之後，秀樹也離開家裡，那時我變得有點憂鬱。看到只剩床鋪的兩人的房間時，不禁呆坐那裡，感到強烈的失落。就像是看到鳥去巢空的雛鳥巢一樣，然後有陣子甚至無法上二樓。在家長會的時間增加，和諮商人員談了好多次關於孩子離去的失落感。諮商人員說，失落感是必要的，那是在決定要把離去的重要親人的記憶放置在內心何處的過程。下禮拜就能看到秀樹，到了夏天也能見到知美，這麼想著，自己慢慢地不再有那麼強烈的失落感。

房子賣掉之前，我留在西所沢。二〇〇二年四月把房子賣掉了。不動產價格不斷下跌，所以一直找不到買家。不動產仲介付了現金，但同樣在場的銀行人員把那一捆捆鈔票直接就放進皮包裡了。房子最後只賣了一千八百五十萬。付清房貸後，秀吉把剩下的錢全都存入我新開的戶頭裡。知美的出國費用和秀樹的搬家費用之前已經用掉，結果還有將近八百萬。我請秀吉領走一半，但秀吉怎麼也不肯，沒有接受。

二〇〇二年秋天，我和延江去夏威夷。和延江的交往，像以前那樣繼續著，但在夏威夷時，當然是睡在一起。住在可愛島的度假別墅，就像延江有次說的，旁邊就是清澈的珊瑚礁海岸。那是延江第一次的國外旅行，以為飛機上的餐點和飲料都是要付錢的。檀香山海關蓋在他護照的美利堅合眾國的章，他很高興地直看著。雖然和延江一起去旅行，但我並沒打算和秀吉離婚，然後和他結婚。那樣也沒關係啊，延江說。

秀吉終究還是沒辦法再找到業務方面的工作。幾乎每天到就業服務中心，然後去面談，但進入二〇〇二年，失業率時而逼近百分之六。對於那樣的經歷和沒有技術的五十歲的人，要再就業看來並不容易。房子賣掉時，他利用職訓給付金，到看護訓練機構受訓，但很快就放棄。問他理由，他說不知為什麼，老太太們不喜歡他。

那個叫容子的女孩，過了年後馬上在白天的肥皂劇裡擔任主要配角，然後從小手指的公寓搬到都內。秀吉來家裡時，兩人一起看她演的電視劇。是學校老師的角色。秀吉很高興看著電視畫面裡認識的人。

秀吉的失業保險給付終止時，他說有事想談，兩人在新宿的咖啡館碰面。談的是他想回去中之条開家小咖啡館，問我覺得如何？在群馬的話，能向他爸媽借資金，風險也小，秀吉說。「我有點累了。」不過秀吉沒邀我跟他一起過去。因為每月見面一次，他對我的工作情況很瞭解。我成為諮商員後，除了在非營利組織工作，現在也開始在大學修課，無法想像能一起去群馬。不過，也沒談到離婚的事。所以我們現在還是夫妻。我的姓還是內山。沒離婚，或許是因為彼此的失落感吧。兩個孩子都離開家裡後，我第一次對秀吉能有這樣的感覺：和這個人一起走過了半生。

二〇〇二年歲末，因為簽證的更新，知美回來。我打電話邀秀樹，三個人一起去了中之条。秀吉來涉川的車站接我們，帶我們看了還沒裝修完工的咖啡店。店在河邊溫泉街的盡頭，只有像吧檯那樣的咖啡檯座位，真的很小的店。我們三人並肩坐在咖啡檯前，把開店賀禮遞給磨著咖啡豆的秀吉。秀樹的禮物是小幅的複製畫，知美的是義大利買的仿古小咖啡杯，我送的是一套咖啡匙。

店裡有裝修工人在，「已經有客人來啦！」用群馬的口音說。「不是的，其實，」秀吉不好意思，但高興地說：

「是我的家人。」

参考文獻

《社會性繭居——未結束的青春期》　齋藤環著　PHP出版

《庇護所——為了讓女性能逃離暴力》　波田あい子&平川和子編　青木書店出版

《親密伴侶暴力》　小西聖子著　白水社出版

《我繭居的理由》　田邊裕（訪談、撰文）　プックマン社編　プックマン出版

《繭居族love漫畫——繭居族漫畫》（1-6號）心之信件交流館編　孩子與教育社發行

《配偶暴力防治暨受害人保護法》

「內閣府男女共同參劃局」網站　http://www8.cao.go.jp/danjyo/

【後記】

此小說於二〇〇一年在箱根完稿。閉居箱根前，做了有關社會性繭居、親密伴侶暴力，以及珠寶設計和木匠現場工作的訪談。途中，在減價CD店買了阿爾弗瑞德・豪澤管弦樂團（Das Orchester Alfred Hause）的探戈舞曲CD，在箱根經常聆聽。其他的探戈舞曲CD也買了幾片，但實在差勁得無法入耳。寫小說空閒時，聽著〈晴空〉〈嫉妒〉〈採珍珠〉等，然後繼續書寫家族的故事。

這本小說的出發點，是對人與人之間「救」與「被救」關係的懷疑。救了某人也救了自己，如此的世俗觀念在社會裡蔓延著，但它的弊害很大。這樣的思維，可能會阻礙了自立。

謹向下列接受我訪談的各位人士致上感謝與敬意：

齊藤環先生（精神科醫師，青少年健康中心）

石谷敏雄先生（一級技能士，磁磚裝潢整體承包商）

大內実先生（大內裝潢公司負責人）

長沢孝先生（珠寶設計師，「長沢Jewelry Project」）

鳥羽秀子女士（日本寶格麗株式會社董事）

大賀達雄先生（心理治療士，「目黑精神保健思考會」代表）

仮屋暢聡先生（醫師，東京都立中部綜合精神保健福祉中心區域保健部宣導援助課課長）

小田潤先生（精神保健福祉士，東京都立中部綜合精神保健福祉中心區域保健部宣導援助課計畫調整股長）
菅原由実子女士（臨床心理士，東京都立中部綜合精神保健福祉中心區域保健部宣導援助課諮商股長）
高橋等先生（心理諮商員，「接觸諮商室」代表）
谷口隆一先生（心理諮商員，「Harmony 諮商室」代表）
平川和子女士（治療師，FTC 庇護所）
堀內成子女士（助產師，護理學博士，聖路加護理大學教授）
岡橋文栄女士（東京都「東京婦女廣場」諮商股長）
大津恵子女士（「Help」女性之家主任）
菊地麻緒子女士（律師，長島、大野、常松法律事務所）
酒井竜児先生（律師，長島、大野、常松法律事務所）
宮之原陽一先生（律師，沼田法律事務所）
這本小說是幻冬舍邀約出版的第五本作品。感謝見城徹的支援，還有責任編輯石原正康君，以及協助訪談的日野淳君。

村上龍

二〇〇一年八月三十一日於橫濱

《希望之國》

村上龍花了整整三年的時間，收集詳盡的新聞資料：
日本中學生暴力棄學的病態現狀、東亞虛弱的經濟體質等，
一一出現在小說裡，
真實駭人的程度讓讀者無法找出虛構小說的縫隙，
環環相扣的情節震撼人心。
面對惡劣的環境、無望的未來，我們的希望出口在何處？

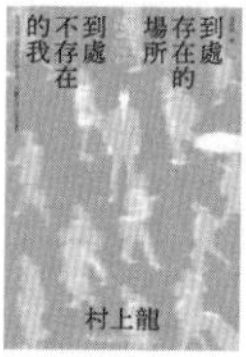

《到處存在的場所　到處不存在的我》

到處存在的場所，成了凝縮時間的舞台，
每一個主角像是你，也像是我。
日復一日的生活，不斷複製下去，
人就會變得越來越平凡，無感，冷漠，
最後剩下疲憊……
面對死氣沉沉的零度生命，我們究竟有無抵抗能力，
改變困在場所的自己？

《55歲開始的Hello Life》（東京晴空版）

獻給現在及未來55歲的你，這是寫給你們的打氣希望書。
人生中最可怕的是，抱著後悔而活，並非孤獨。
我們一旦展開另一種人生，就會變成另一個人，
那麼你有沒有勇氣變成另一個人？

《老人恐怖分子》

對於現實世界的威脅，究竟誰才是真正的強者？
我們所輕蔑與忽視的究竟是什麼……
失去妻、失去工作、失去能夠存活的社會條件……
但日子應該還是有亮光，有期待。

《寂寞國殺人》

一九九七年村上龍從震驚日本社會的「神戶少年殺人事件」思考，
面對現代化的變化所產生的不適應畸形裂縫。
他看到整個日本的進化，成了一個龐大的寂寞國體，
在這個充滿寂寞因子的民族裡，持續富裕，持續進步，持續禮貌待人，
卻渾然不知自我的持續寂寞……

村上龍　全作品

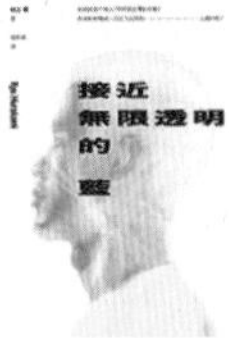

《接近無限透明的藍》

麻痺自己只因不想再感傷，
戲謔人生是為了反抗對他嗤之以鼻的社會。
他其實想化作那出現在黎明時，近乎透明的光暈。
那彷彿能反射出真實的他，無限透明的藍光。

《寄物櫃的嬰孩》

在黑暗的寄物櫃中，我呈現假死狀態……
那是從母親子宮出世的76小時之後。
在這悶熱的小箱裡，我全身冒汗，
極其難受，張開嘴巴，爆哭出聲……

《所有男人都是消耗品》

無論在哪一種社會，女人都被細心呵護，
如果有一天，拜高科技進步之賜，完成了人工子宮，
人類大概會有所改變吧？說不定人類將不再是人類。
到時候，身為消耗品的男人該如何是好呢？

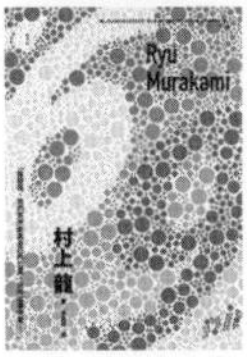

《69》

一個名叫矢崎劍介的高中生，沉溺於當時東漸的西方文化中，
接觸搖滾樂、前衛電影、反戰思潮、嬉皮文化，
為了心儀的女孩，決定和阿達馬一起搞校園封鎖、搞嘉年華，
動機單純，結果卻是驚人……，
在1969年的春天，十七歲的人生像過慶典一般的延伸開來。

《五分後的世界》

軍事、爭戰、毒品以及孤獨、寒冷、焦慮與淚水所構成的三次元空間，
一場魔幻樂音不可思議帶來人性的暴動，
一次錯綜複雜的行走闖入五分後的世界，
長期以來被視為小說創作的掌舵者，
再次質問現實世界與人我關係的豐富傑作！

《共生虫》

這本描繪黑暗自閉的生命世界，
緊扣疏離的人們暗藏在意識底層的病態心理，
村上龍上個世紀末的小說作品，
放入現世似乎再一次精準掌握崩壞的社會核心。

日文系 059

最後家族（繭居共鳴版）

作　　者－村上龍
譯　　者－鄭納無
出 版 者－大田出版有限公司
台北市一〇四四五 中山北路二段二十六巷二號二樓
E-mail－titan@morningstar.com.tw http：//www.titan3.com.tw
編輯部專線－（02）2562-1383 傳真：（02）2581-8761
總 編 輯－莊培園
副總編輯－蔡鳳儀
行政編輯－鄭鈺澐
校　　對－蘇淑惠／謝惠鈴／鄭納無／陳佩伶
初　　版－二〇〇七年（民96）十月三十日
繭居共鳴版－二〇二二年（民111）五月十二日 定價：三二〇元
網路書店－http://www.morningstar.com.tw（晨星網路書店）
TEL：（04）2359-5819 FAX：（04）2359-5493
購書E-mail－service@morningstar.com.tw
郵政劃撥－15060393（知己圖書股份有限公司）
印　　刷－上好印刷股份有限公司
國際書碼－978-986-179-725-0 CIP：861.57/111002240

國家圖書館出版品預行編目資料

最後家族（繭居共鳴版）／村上龍著；鄭納無譯.
——臺北市：大田，2022.05
面；公分.——（日文系；059）
ISBN 978-986-179-725-0（平裝）
861.57　　111002040